큰　　글
한국문학선집

김명순 시선집

생명의 과실(果實)

일러두기

1. 원전에는 '한자[한글]' 또는 '한글(한자)'의 형태로 혼재되어 있어 그대로 두었다. 다만 제목의 경우, 한자를 삭제하고 한글로 표기하고 이를 각주를 달아 한자를 알아볼 수 있도록 하였다.
2. 원전에서 알아볼 수 없는 글자는 '●'으로 표시하였다.
3. 이해를 돕기 위하여 편집자 주를 달았다.
4. 출전의 경우 밝혀 적는 것을 원칙으로 하되, 발표 미상인 경우 별도의 표시 없이 기재하였다.

1. 창작시

5월의 노래 ___009   5월의 노래 ___011

거룩한 노래 ___013

고구려성(高句麗城)을 찾아서 ___014

고혹(蠱惑) ___017   곽공(郭公) ___019

귀여운 내 수리 ___021   그러면 가리까 ___024

그믐밤 ___027   그쳐요 ___029

기도 ___031   기도, 꿈, 탄식 ___032

길 ___035   꿈 ___037

나 하나 별 하나 ___038   남방 ___040

내 가슴에 ___042   단장(斷腸) ___044

동경 ___048   두 마음 ___053

두벌 꽃 ___055   두어라 ___056

들리는 소리들 ___057   만년청(萬年靑) ___060

무제 ___061   무제 ___063

무제 ___064   밀어 ___065

바람과 노래 __066   발자취 __067

보슬비 __069   봉춘(逢春) __071

부금조(浮金彫) __073   분신 __076

불꽃 __078   비가(悲歌) __080

비련(悲戀) __082   빙화(氷華) __083

사랑하는 이의 이름 __085

샘물과 같이 __087   석공의 노래 __088

소소(甦笑) __098   수건 __100

수도원(修道院)으로 가는 벗에게 __102

시로 쓴 반생기(半生記) __104

신시(新詩) __130   심야(深夜)에 __131

싸움 __135   애상(哀想) __137

언니 오시는 길에 __140

언니의 생각 __142   연가 __144

연모 __147   옛날의 노래여 __148

오오 봄! __152   외로움 __155

외로움의 변조(變調) __156

외로움의 부름 __158   우리의 이상 __160

위로(慰勞) __161   유리관 속에서 __164

유언 __166   이심(二心) __167

재롱 __169   저주 __171

저주된 노래 __173   정절 __175

조로(朝露)의 화몽(花夢) __177

창궁(蒼穹) __190   추경(秋景) __191

추억 __193   추억 __196

탄식 __199

탄실의 초몽(初夢) __200

해바라기 __204   향수 __206

환상 __210   희망 __213

희망 __215

2. 번역시

나는 찾았다　(모리스 마테를링크) __ 221

눈　(레미 드 구르몽) __ 223

대아(大鴉) (앨런 포) __ 225

비극적 운명 (헤르만 카자크) __ 227

빈민의 사(死) (보들레르) __ 229

웃음 (프란츠 베르펠) __ 232

저주의 여인들 (보들레르) __ 234

주장(酒場) (호레쓰 호레이) __ 235

헬렌에게 (앨런 포) __ 237

지은이: 김명순(金明淳, 1896~1951) __ 239

큰글한국문학선집
: 김명순 시선집

1. 창작시

5월의 노래

1

"보리 이삭에 봄바람이야"
종다리의 노래 구름 속에 울어
나즈레한[1] 봄 하늘 드높은 노래 품고
물 흐린 못 밑에 비칠 때 오오
거룩한 5월의 노래 오랜 대로
동그란 연잎이 물 위에 뜬다

2

지구의 한끝같이 멀어지는 길을

---

[1] 나즈럽다: 1. 높이가 좀 낮은 듯하다. 2. 지위나 인격이 좀 낮다

맺히고 맺힌 생각에 두 손길을 잡고
울리는 가슴을 정밀히 누를 때
높은 산봉우리 위에 우렁찬 노래
온 세상에 사무쳐 빛내는 뜻은
그 아픈 이별이 남기신 말씀이다

▶▶▶『조선문단』, 1925년 5월 4일

5월의 노래

종다리의 노래 구름 속에 울어
나즈레한 봄 하늘 드높은 노래 품고
흐린 못물을 밝게 비칠 때
돌돌 말린 연잎이 째긋이 움 나온다

처녀의 노래 산 위에 우렁차
북방에 길 떠나신 임 그립다고
타는 가슴에 두 손길을 얹어
그리운 노래 온 세상에 사무칠 때
깊은 정이 머언 길을 없이한다

"꽃가지마다 빛 다른 나비들은
그 안길 품을 그리어 춤추고
바람결마다 쑥스러운 풀씨들은

그 앉을 자리를 찾아 휘날린다"고

부르는 5월의 노래 인정을 궁굴린다[2]

▶▶▶『조선시인선집』, 1926년 10월 13일

---

2) 이리저리 돌려서 너그럽게 생각하다.

거룩한 노래

꽃보다 고우려고
그대같이 아름다우려고
하늘에 땅에 기도를 했답니다

신보다 거룩하려고
그대같이 순결하려고
바다에서 산에서 노래했답니다

그리하여 맑고 고운 내 노래는
모두 다 그대에게 드렸더니
온 세상은 태평하옵디다

▶▶▶『조선시인선집』, 1926년 10월 13일

고구려성(高句麗城)을 찾아서

어떤 자는 고구려성 옛터를 찾아서 거닐며 우네
이것은 옛날 우리들의 할아버지가 사시던 곳
살다가 함락당하여 무너진 성의 자취라고
쓸쓸한 와편(瓦片)3) ●기운 성벽 깨진 솥 토기
이것을 한 낱 두 낱 주우며 우네

아아 쓸쓸타 참말
우리들의 할아버지가 계시던 곳 성이 이렇게 불붙고
무너져
끊기고 패이고 부서져 비에 씻길 줄
부서져 이렇게 쓸쓸한 풀만 무성한 줄
이 풀 성한 고적(古跡)4)을 거닐며 우리가 전설을 외

---

3) 깨어진 기와 조각
4) 옛 문화를 보여주는 건물이나 터

우게 될 줄
　외우며 옛일을 그려 울게 될 줄!

　그러나 벗이여 울지는 마세
　우리는 힘을 내세
　이것은 조상들이 ××를 위하여
　이곳까지 왔다가 죽었다는 것을
　우리는 비록 조상의 얼굴 그때에 흘린 붉은 피는 못
보았다 할지라도
　이 성에 널려 있는 와편, 파편, 남아 있는 비좌(碑座)5)
로써도
　넉넉히 우리 조상의 선혈이 묻혔다는 것을 알 수가

---

5) 비신(碑身)을 세우는 대좌(臺座), 또는 비신을 꽂아 세우기 위하여 홈을 판
　자리.

있네

자, 벗들아 파편을 주우며 울기는 너무나 약한 짓이다
풀잎을 뜯으며 새소리를 들으며 흐르는 구름을 바라
보며
전설을 되풀이하기는 너무나 힘없는 짓이다
우리는 여기서 느끼세
힘을 믿세
힘을 내서 일하세

(일천삼백여 년 전 우리들의 할아버지의 늠름한 기상
을 그려보면서, 6월 4일, 만주(滿洲) 무순(無順)에서)

▶▶▶『신동아』, 1933년 8월

고혹(蠱惑)[6]

꿈나라의 애인이시여
지금 이 세상 안닌 감미(甘美)의 노래에
고요히 잠든 귀를 기울였나이다

얼마나 자유로운 조율이오리까
몸은 정화되어 날개를 달고
꽃 피운 공간을 날으려나이다

부세(浮世)[7]를 운들 그대와 나
내 앞의 대로를 걷지 않고
그대 앞의 동굴을 찾지 않았도다

---

6) 아름다움이나 매력 같은 것에 홀려서 정신을 못차림
7) 덧없는 세상

그러나 눌리었던 우리들을
해방하는 노래가 들려지오니
우리는 꿈길을 버립시다

애인이시여 애인이시여
여기 유현경(幽玄境)의 길에
길이 있으니 이리 오십쇼

애인이시여 애인이시여
사람 모르는 그곳에
길 있으니 날개를 펴십쇼.

▶▶▶『개벽』제24호(1922년 6월)

곽공(郭公)[8]

1

봄날 빛 고와지자
포곡성(布穀聲)[9] 구슬폈고
밀보리 푸를 때
종다리 우는구나
가는 봄 덧없거니
내 마음 아니 울까

2

사는 날 죽는 날도

---

8) 뻐꾸기(두견과의 새)
9) 뻐꾸기 울음소리

임의로 못 되거든
밉고 고운 그날이
뜻대로 된다 할까
구름 속의 종다리
하늘 위에 고와라

3

그의 집 싸리문을
밤마다 두드리며
크고 높은 소리로
나 괴롭노라고
그리운 설운 날을
애(哀)껏 한껏 고할까

귀여운 내 수리

귀여운 내 수리
사람들의 머리를 지나
산을 기고 바다를 헤어
골 속에 숨은 내 맘에 오라.

맑아 가는 내 눈물과
식어가는 네 한숨,
또 구르는 나뭇잎과
설운 춤추는 가을 나비,
그대가 세상에 없었던들
자연의 노래 무엇이 새로우랴.

귀여운 내 수리 내 수리
힘써서 아프다는 말을 말고

곱게 참아 겟세마네¹⁰⁾를 넘으면
극락의 문은 자유로 열리리라.

귀여운 내 수리 내 수리
흘린 땀과 피를 다 씻고
하늘 웃고 땅 녹는 곳에
골엔 노래 흘리고 들엔 꽃 피자

그대가 세상에 없었던들
무엇으로 승리를 바라랴.

---

10) Gethsemane: 신약에 예루살렘 감람산 근처에 있다고 말해지고 있는 동산.
   예수께서는 유다가 자신을 배반하던 날 밤에 이 동산으로 갔다. 겟세마네에서
   기도하셨으며, 인류의 죄를 위하여 고통을 겪었다.

그때까지 조선의 민중
너희는 피땀을 흘리면서
같이 살길을 준비하고
너희의 귀한 벗들을 맞아라.

그러면 가리까

긴 병자의 임종같이
흐리던 날이 방금 숨질 그때
왜? 당신은 머리를 돌립니까?
고운 꽃밭에 날이 그물면은
태양이 꽃 앗긴가 하련마는
아아 그대 앞에 내가 섰을 때
머리 돌리던 그대 위해서 아아
그러면 울던 내가 가리까?

그러면 내가 가리까
한 영혼이 한 영혼에게
기꺼운 만남을 준 것도
한 행복의 끄나풀이
우리를 얽어맨 것도

아아 또 내가 그대 앞에 선 일도

고목(枯木)에 꽃이 핀 일까지도

다 잊어버리고 아아

그러면 웃던 내가 가리까

오오 그대

오오 그대

가시 덩굴 옆의 꽃 장미같이

내가 인생을 헤맬 때

방긋 웃고 머리를 든

오오 그대

문란한 꽃을 사랑치 않는 대신

사람을 사랑할 줄 아는 그대

가시 같은 시기(猜忌)11)를 품고

내 양심을 무찌르지 않는 그대
가시 덩굴에 무찔린 나를
인생의 향기로 살려낸 그대
오오 그대여 내 사람이여

▶▶▶『조선일보』, 1926년 8월 19일

---

11) 남이 잘되는 것을 샘하여 미워함

그믐밤

그믐밤 별 고운데 떨어질 듯 여겨서
한아름 받건마는 허전한 이 모양아
버러지 울어낸다

가을을 찾노라니 깊은 골에 왔구나
청황적(靑黃赤) 난만(爛漫)¹²⁾한데 이곳이 어디냐
물소리 그윽하여 숨은 정(情) 아노란다

모랫길 예이는 잔잔한 시냇물아
내 목소리 높이어 네 이름 부르노라
바다로 가는 길을 나 함께 가자꾸나

---

12) 꽃이 활짝 많이 피어 화려함

쓸쓸한 거리 끝에 임 오실 리 없거늘
그리운 정 도지면 오신 듯 달떠진다
행여나 같은 모양 눈앞에 벌어지리

초겨울 밤 깊어서 힘든 글 읽노라면
뒤뜰의 예리성(曳履聲)이 그의 것 같건마는
내 어려움 모르니 낙엽성(落葉聲) 그러한가

뜻대로 된다 하면 훌훌 날아 보고서
임이 웃고 일하는 다행(多幸)한 화롯가에
파랑새 한 마리로 이 추움 고(告)하리라

▶▶▶『삼천리』, 1939년 1월

그쳐요

아아 그쳐요
그 익지 않은 비올롱(瀧)의 탄식
처마 끝의 눈 녹은 물이 똑똑 들어
아버지의 옷깃을 적실 만하니
그쳐요 톱 켜는 소리 같은 것을.

아아 그쳐요
그 흐릿한 수선스런 노래를
삼월 아침의 볕이 따뜻해서
어머니의 가슴속의 눈이 녹으니
그쳐요 목 근지러운 거위 소리를.

오오 그쳐요 오빠야
그 무심코 익은 피아노 소리

좀 더 슬퍼다오
좀 더 유쾌해다오
사람 좋은 오빠야.

　　　　　　　　　(이웃 분주한 밤에, 서울에서)

기도

거울 앞에 밤마다 밤마다
좌우편에 촛불 밝혀서
한없는 무료를 잊고 지고
달빛같이 파란 분 바르고서는
어머니의 귀한 품을 꿈꾸려.

귀한 처녀 귀한 처녀 설운 신세 되어
밤마다 밤마다 거울의 앞에.

기도, 꿈, 탄식

1

거울 앞에 밤마다 밤마다
좌우편에 촛불 밝혀서
한없는 무료를 잊고 지고
달빛같이 파란 분 바르고서는
어머니의 귀한 품을 꿈꾸려
귀한 처녀 귀한 처녀 설운 신세 되어
밤마다 밤마다 거울 앞에

2

애련당13) 못가에 꿈마다 꿈마다……
어머니의 품안에 안기어서

갚지 못한 사랑에 눈물 흘리고
손톱마다 봉선화 들이고서는
어리던 임의 앞을 꿈꾸려
착한 처녀 착한 처녀 호올로 되어
꿈마다 꿈마다 애련당 못가에

3

둥그런 연잎에 얼굴을 묻고

---

13) 愛蓮堂. 평양시 중구역 대동문동 애련골에 위치하고 있으며 1542년에 세워졌
    다. 1900년대 초반 시부사와 에이치(涉澤榮ㅡ, 1931년 사망)에 의해 현재
    도쿄 아스카야마공원에 밀반출되었다. 평양내성의 한가운데 연못의 네모난
    섬에 위치하였고, 당시 양반묵객들의 대화방으로 대동강변에 있었던 평양
    8경 중 하나였다고 한다. 지금은 덩그러니 시민이 쉬는 정자만 서 있지만,
    이곳저곳 폭격맞은 흔적과 기와 조각들이 딩굴고 있다.

꿈 이루지 못하는 밤은 깊어서

빈 뜰에 혼자서 설운 탄식

연잎에 달빛같이 희뜩여 들어

지나가는 바람인가 한숨지어라

외로운 처녀 외로운 처녀 파랗게 되어

연잎에 연잎에 얼굴을 묻어……

(1923년 8월, 평양에서)

▶▶▶『신여성』 제1권 제2호(1923년 10월)

길

길, 길 주욱 벋은 길
음향과 색채의 양안(兩岸)¹⁴⁾을 건너
주욱 벋은 길.

길 길 감도는 길
산 넘어 들 지나
굽이굽이 감도는 길.

길 길 작은 길
벽과 벽 사이에
담과 담 사이에

---

14) 강이나 하천 따위의 양쪽 기슭

작은 길 작은 길.

길 길 유현경(幽玄境)[15]의 길
서로 아는 영혼이 해방되어 만나는
유현경의 길 머리 위의 길.

길 길 주욱 벋은 길
음향과 색채의 양안을 전하여
주욱 벋은 길 주욱 벋은 길.

(서울에서)

---

15) 깊고 그윽하며 고요한 환경

꿈

애련당 못가에 꿈마다 꿈마다
어머니의 품안에 안기어서
갚지 못한 사랑에 눈물 흘리고
손톱마다 봉선화 들이고서는
어리던 임의 앞을 꿈꾸려.

착한 처녀 착한 처녀 호올로 되어서
꿈마다 꿈마다 애련당 못가에.

나 하나 별 하나

별 하나 나 하나
북촌 애들이 부른다

연잎에 얼굴을 묻고 얼굴을 묻고
석양이 옷자락을 이끌어 가는 지반(池畔)16)에
무리들이 바라본 얼굴을 감추고
두 발에 감기는 분홍치마 사장(砂場)17)을 거닌다

별 둘 나 둘
남촌 애들이 섬긴다

을밀대18) 희롱하고 모란대(牧丹臺)19) 불어 내리는

---

16) 연못의 변두리
17) 모래사장

추풍

　마탄(馬灘)20)의 물소리를 느끼는 것 같아서

　문서 없다는 전통(典統)의 노예, 얼굴을 붉히고

　옛집 후정(後庭)21)에 서서 사(紗)적삼의 어깨를 떤다.

(1930년)

▶▶▶『동아일보』, 1934년 11월 16일

---

18) 乙密臺: 평안남도 금수산 마루에 있는 대(臺)와 그 위에 있는 정자.
19) 모란봉 중턱에 있는 을밀대와 대조되는 언덕으로 모란대가 있으며, 모란대
　　밑에는 고구려의 광개토왕이 건립했다는 영명사(永明寺)가 있다.
20) 강원도 화천군의 동쪽으로 흐르는 하천
21) 건물 뒤에 있는 뜰

남방

북방의 처녀가 남방을 생각하면

울렁 줄렁 달린 밀감 밭을

허울 벗은 몸으로 지나더라도

명주옷을 입고 임을 만나러 가는 듯이

가슴이 두근두근거려서

첫 일월에 우렛소리가 휘어진 가지를 흔들고

황금의 열매를 딴다지요.

북방의 처녀가 남방을 생각하면

빨간 동백의 비인 동산을

철을 모르는 몸으로 지나더라도

임이 오시다 마신 듯이

심란한 한숨이 쉬어져서

초사월의 비가 푸르른 잎을 궁글고

빨간 꽃을 떨어뜨린다지요.

북방의 처녀가 남방을 생각하면
초가집 처마 아래 우산 걷어들고
우두커니 서서 눈물짓더라도
조약돌 틈에 속삭이는 샘물같이
유랑(嚠喨)하는 노래가 저절로 들려서
초저녁에 불 비친 미닫이가 열리고
책상 앞의 석상이 움직인다지요.

내 가슴에

검고 붉은 작은 그림자들,
번개 치고 양 떼 몰던 내 마음에 눈 와서
조각조각 찢어진 붉은 꽃잎들같이도
회오리바람에 올랐다 떨어지듯
내 어두운 무대 위에 한숨짓다.

나는 무수한 검붉은 아이들에게 묻노라
오오 허공을 잡으려던 설움들아
분노에 매 맞아 부서진 거울 조각들아
피 맞아 피에 젖은 아이들아
너희들은 아직 따뜻한 피를 구하는가.

아 아 너희들은 내 맘의 아픈 아이들
그렇듯이 내 마음은 피 맞아 깨졌노라

내 아이들아 너희는 얼음에서 살 몸
부질없이 눈 내려 녹지 말고
북으로 북행하여 파란 하늘같이 수정같이
얼어서 붙어서 맺히고 또 맺혀라!

(동경에서)

단장(斷腸)22)

1

그의 얼굴은
작은 웃음을 모은
빛의 저수지
대리석에 쪼이면
생명이 불어난다

2

숨은 그 뜻이
하늘 밑에 잠겨서

---

22) 1. 한 체계로 묶지 아니하고 몇 줄씩 산문체로 토막을 지어 적은 글.
　　 2. 바가텔(가벼운 피아노 소곡)

별을 사귀면
그것은 영생이다
그것은 복락이다

　　　3

모랫길 가는
잔잔한 샘물아
내 널 부름이
내 맘의 정(淨)함이요
내 힘의 장함이로다

4

이 고개 넘어
바닷가에 나서면
또 만나리라
물결을 부숴내는
미쁨23)의 인격처럼

5

가던 사공아
여기는 복판이나

---
23) 믿음직하게 여기는 마음

고만 저어라
바다의 불꽃 지켜
하늘의 별 하나다

▶▶▶『조선일보』, 1925년 1월 5일

동경

내 머리 위에

한없이

높고 멀게

풋남빛으로

훨씬 개인

저 추천(秋天)[24]에

임의 마음 보인다

대동강에

드높은

둔덕 위로

내 발걸음

---

24) 가을 하늘

내 마음

내 밟으매

마탄(馬灘)의 물소리

길 가는 정조(情調) 같다

낚싯대 든 소주(小舟)[25]

갈 바를 모르고

수중(水中)의 생명을

장한(長閑)히[26] 취하거든

인력거 탄 유산객

상보(商褓)[27]인 여상인

_____

25) 작은 배
26) 장한하다: 오래도록 한가하고 평안하다
27) 장사에 쓰는 보자기

눈 다른 나를 보거든

내 마음
내 발걸음
바람을 거스르고
강류(江流)를 거슬러서
죽 벋은 길대로
일보 일보 내놓으매
아버지의 나라에
길 따르는 애랑 같다

나 홀로서
갈 길을 가매
잔잔한 물결

안위(安慰)28)의 미소 같고

비장한 절벽

상처를 받고

움직일 길 없이

지키는 마음 같다

부벽루 아래

후엽색(朽葉色)29)의 수초

거울 같은

견파(絹波) 위에

모양을 그려서

물나라에 깔으신

---

28) 몸을 편안하게 하고 마음을 위로함
29) 썩은 나뭇잎의 빛깔과 같은 누런색

미희의 머리끝도 같다.

▶▶▶『개벽』 제24호(1922년 6월)

두 마음

1

두 마음 품은 여인
뜰 아래 내려설 때
뿌리 패인 빨강 꽃
다시 심어볼 것을
비나 멎건 가라고
냉랭히 이르도다

2

천당 길 가려느냐
지옥 길 가려느냐
숨어질 동굴 없이

저주의 신세 되어
두 마음 품에 품고
천지에 아득인다

3

밤마다 꿈마다
물결에 젖어 울며
두 마음 외로운 날
바다에게 물으면
외로운 한마음이
깨져서 둘이라고.

두벌 꽃

일찍 핀 앉은뱅이
봄을 맞으려고
피었으나 꼭 한 송이
그야 너무 작으나
두더지 맘 땅 속에 숨어
흙 떼어 길 갈 때

내 작은 꼭 한 생각
너무 춥던 설움에는
구름 감추는 애달픔
그야 너무 괴로우나
감람색(甘藍色)의 하늘 위에 숨겨서
다시 한 송이 피울까

▶▶▶『동아일보』, 1938년 4월 23일

두어라

삼각산 뚜렷한 봉
안개에 흐리노라
주야장 흐르던 물
바람이 길 막으랴
두어라 내 시름을
날빛에 비추이게
어떻게 못 먹어서
사람의 불행 지어
구차한 생명들을
연명해 가겠느냐
두어라 거지 떼의
구차한 살림살이

▶▶▶『매일신보』, 1927년 2월 24일

들리는 소리들

제1의 소리는 나를 부르다
죄를 지은 인종(人種)의 말세(末世)여
더러운 피와 피가 뭉키어
시기(猜忌) 많은 네 형상을 지었다.

제2의 소리는 나를 꾸짖다
실로 꿰맨 옷을 입은 자여
네 스스로 땀 흘려 땅을 파서
먹을 것을 구(求)할 것이거늘.

제3의 소리는 나를 비웃는다
자신을 스스로 결박한 자여
네 몸의 위에 자유를 못 얻었거든
자유의 뜻을 알았더뇨.

제4의 소리는 나를 연민하다
전(全) 인류가 생전사후를 모르고
눈도 매이어서 이끌린 대로
너 또한 눈도 매인 것을 못 풀리라.

제5의 소리는 탄식하다
선악의 합체(合體)인 인류들아
선을 행하니 신이 되며
악을 행하니 악마가 되느냐.

제6의 소리는 크게 대답하다
우리는 죄의 죄를 받고
벌의 벌을 받고 우는

종의 종인 사람들이다.

제7의 소리는 다시 부르다
네 몸을 임의로 못하는 병자여
오관(五官)[30)]이 마비되었으니
판단력조차 잃었도다.

제8의 소리는 다시 대답하다
나의 주(主)여 조물주여
당신은 무엇 땜에
우리들을 그같이 지었습니까?

(서울에서)

---

30) 다섯 가지 감각기관. 눈, 귀, 코, 혀, 피부를 이른다.

만년청(萬年靑)[31]

두 이파리로 폭 싸서
빨간 열매를 기르는 만년청
영원한 결합이 있다 뿐입니다

서로 그리는 생각은 멀리멀리
천 필(疋) 명주 길이로 나뉘어도
겹겹이 접어 그넷줄을 꼬지요

하물며 한 성안에 사는 마음과 마음
오다가다 심사 다른 것은
꽃과 잎의 홍(紅)과 청(靑)이지요

▶▶▶ 『조선시인선집』, 1926년 10월 13일

---

31) 백합과의 상록 여러해살이풀로 잎이 가느다랗고 길고 두꺼우며 언제나 푸른색
을 띠고 있다. 꽃은 5~7월에 흰색으로 피고, 열매는 장과(漿果)로 붉게 익는
다. 뿌리는 강심제, 이뇨제로 쓰고, 잎을 관상하기 위해 분재로 재배한다.

무제

노란 실 푸른 실로 비단을 짠 듯
평화로운 저녁 들에
종다리 종일(終日)의 노래를
저문 공중에서 부르짖으니
가는 비 오는 저녁이라.

내 어머니의 감격한 눈물인 듯
갤 듯 말 듯한 저녁 하늘에
비참한 나 큰 괴로움을
소리 없이 우러러 고하니
가는 비 오는 저녁이라.

봄 동무의 치맛자락 감추이듯
어슬어슬한 암(暗)의 막(幕) 내려

천하의 모든 빛 모든 소리
휘덮어 싸놓으니
가는 비 오는 저녁이라.

(서울에서)

무제

나는 들었다
굶은 이에게는 밥 먹으란 말밖에 안 들리고
음부(淫夫)에게는 탕녀의 소리밖에 안 들리고
난봉의 입에서는 더러운 소리밖에 안 나오는 것을

▶▶▶『조선문단』, 1925년 7월 6일

무제

한 알의 쌀알을 얼른 집어 물고

하늘 나는 마음아

사람의 구질구질한 꼴을

눈여겨보느냐 네 작은 새의 몸으로서

이리 비틀 저리 비틀

썰물에 취해 너털거리는 주정뱅이

아무나 모르고 툭툭 다 치고 지난다

세상아 이 책임 뉘에게 지우느냐

▶▶▶『조선문단』, 1925년 7월 17일

밀어

비 개인 6월 바람이
가벼운 커튼을 달래어서는
살그머니 병실에 들어옴이라.

창백한 얼굴을 돌리고
긴 몸 풀 없이 돌아누워?
그 귀밑의 무엇을 들었누?

바람과 노래

떠오르는 종다리 지종지종하매

바람은 옆으로 애끓이더라

서창(西窓)에 기대선 처녀

임에게 드리는 노래 바람결에 부치니

바람은 쏜살같이 남으로 불어가더라

▶▶▶『동아일보』, 1938년 4월 23일

발자취

심산 골짝에

하얀 능라(綾羅) 위의

외발자취

어느 곳 귀희(貴姫)의

어디로 가신 자취이랴

폭삭폭삭 적 것

또박또박 가다가

죽죽 미끄러진 듯

숫눈길 위의 발자취

판을 누르는 듯 묘해도

판을 누르는 듯 묘해도

동목(冬木)32)의 고엽33)

사사사 쓱 새겨도

하얀 능라 위의

외발자취

어느 곳 귀희의

어디로 가신 자취이랴

동목의 고엽

사사사 쓱 새겨도

▶▶▶『개벽』제24호(1922년 6월)

---

32) 겨울나무
33) 마른 잎

보슬비

보슬보슬

보슬비가 내려옵니다

마당 위에

고여 있는 물만 불리는

보슬보슬

보슬비가 내려옵니다

우리 둘이 껴안고

이 비를 맞아

우리의 사랑에

물이 고이면

명년(明年)34)이라 춘삼월(春三月)이

다시 올 때에

---

34) 내년(다음 해)

우리의 헌 사랑에
새싹이 나리.

▶▶▶『조선문단』, 1926년 4월호

봉춘(逢春)

1

하늘에 별 뿌리듯
땅속에 금 감추듯
못 잊어 정든 정을
못 속에 살려보면
홍련이 피어날 때
금붕어 형제 할까

2

봄바람 한들한들
강정(江亭)35)에 밝았으니
피 붉은 꽃 한 송이

푸른 물에 떨어져
강남 길 가던 것을
오던 제비 낚도다

부금조(浮金彫)

그 가슴에 오색선을 그을 때
젊은 여인 대동강 부두에 섰다

하이얀 능라(綾羅)[36]의
옷 나래를 풀날리며 풀날리며
잠시의 처량한 시선을
강 건너 장림(長林)[37]에 던지었다

바람과 물결이 아뢰던
자연의 운율을
어이 다 음부(音符)[38]로 표(標)하리요

---

36) 두꺼운 비단과 얇은 비단
37) 길게 뻗쳐 있는 숲
38) 성부(聲部, 다성 음악을 구성하는 각 부분)

그 음부책의 금색 부조(浮彫)39)

밑으로 능라도40) 위로 부벽루41)

금선(琴線)42)을 조율하듯

청춘의 상쾌한 걸음걸이

청류벽(淸流壁)43) 기슭으로 오를 제

---

39) 돋을새김(조각에서 평평한 면에 글자나 그림 따위를 도드라지게 새기는 일)
40) 綾羅島: 평안남도 평양시 대동강에 있는 섬으로 경치가 아름다워 예로부터 기성팔경(箕城八景)의 하나로 꼽힌 곳이다.
41) 浮碧樓: 평안남도 평양시 모란대(牡丹臺) 밑 청류벽(淸流壁) 위에 있는 누각으로 천여 년 전 세워졌으며 대동강에 면하여 있다. 마치 물 위에 떠 있는 듯한 느낌을 주는 아름다운 누각이다.
42) 거문고나 가야금 따위의 줄
43) 평양시 모란봉 청류벽. 위에는 청류정이라는 누각이 약 천 년 전에 세워진 것으로 매우 아름답다고 한다.

드높은 노래 천하에 찼다

명승지 유객들의
수다한 벽면성명(壁面⁴⁴⁾姓名) 들어
공명(功名)⁴⁵⁾이라 전하리오

▶▶▶『삼천리』, 1938년 12월

---

44) 壁面: 벽의 거죽
45) 공을 세워서 자기의 이름을 널리 드러냄

분신

눈을 감으면
밤도 아니고 낮도 아니고
남빛 안개 속의 조약돌 길 위를
한 처녀 거지가 무엇을 찾는 듯이
앞을 바라보고 뒤를 돌아다보고
새파랗게 질려서 보인다

내 머리를 돌리면
분명히 생각나는 일이 있다
삼 년 전 가을의 흐린 아침이었다
나는 학교에 가는 길 나들이에서
나를 향해 오는 그림자를 보았다
그리고 "어디를 가시오?" 하는
그 올 맺은, 음성도 들었다.

그러나 나는 멈추는 저의 발걸음을
멈출 틈도 없이 쏜살과 같이
저의 앞을 말없이 걸어갔다.
그리고 내 마음속에
겨우 삼 년 기른 파랑새를
그 길 너머로 울면서 놓아버렸었다

하나 이 명상의 때에
무슨 일로 옛 설움이 또 오는가,
사람에게 상냥한 내가 아니었고
새를 머물러 둘 내 가슴이 아니었다
매 맞아 병든 병든 가슴속에
옛 설움아 다시야 돌아오랴.

▶▶▶『조선일보』, 1924년 5월 30일

불꽃

1

천 리에 가던 사공
해심(海心)⁴⁶⁾에 닻 주려마
사나운 물결 뛰어
누리를 뒤집을 때
외배에 불꽃 지켜
하늘의 별 하나다

2

땅속에 금 감추듯
하늘에 별 뿌리듯

---

46) 바다 한가운데

그 아픈 가슴 터에
설움의 씨 심은 후
비 내리고 눈 내려
가시 덩굴 길렀다

3

내 몸이 내 것이라니
아니다 또 아니다
그리워 꿈에 보면
사랑의 인질인 듯
괴로워 고쳐 보면
아픔의 포로인 듯

▶▶▶『현대평론』 제1권 제2호(1927년 3월)

비가(悲歌)

1

오오오 말간
누구와 속삭이랴
붉은 입술
다시야 웃어 본다
희던 얼굴 검으리
거울을 들어 보라

2

그리며 울었단다
죽었다 깨였단다
부모는 빠져 죽고

는 얼어 죽고
살던 집 무너진 후
죽어서 슬펐단다

▶▶▶『동아일보』, 1927년 11월 14일

비련(悲戀)

쓸쓸한 거리 끝에 임 오실 리 없거늘
그리운 정도 져서 오신 듯 달떠진다
행여나 같은 모양 눈앞에 벌어지리

이 몸이 놓여나면 바위라도 뚫고
임 향한 설운 사정 쏟아 부으련마는
빈궁(貧窮)[47]에 붙들린 몸 움직일 길 있으랴

▶▶▶『동아일보』, 1927년 12월 6일

---

47) 가난하고 궁색함

빙화(氷華)[48]

추운 날 창경(窓鏡)[49]의 꿈
남방(南邦)[50]의 화원을 연상시키지요

의합(意合)[51]지 않은 정열 때문에
마음속에 빙주(氷柱)[52]를 세웠지요

오래 살수록 서툴어지는 것을
염세증[53]이라고 비웃으리까

경계하여도 몰아오는 무리 때문에

---

48) 식물 따위에 수분이 얼어붙어 흰꽃처럼 되는 현상
49) 창문에 단 유리
50) 남쪽 나라
51) 뜻이나 마음이 서로 맞음(사이가 좋음)
52) 고드름
53) 厭世症: 세상이나 인생을 추악하고 괴로운 것으로 여겨 비관하는 증세

한 분의 전위(前衛)[54]를 세우랍니까?

(1930년)

▶▶▶『동아일보』, 1934년 11월 16일

---

54) 전방의 호위(護衛). 무리의 선두에 서서 지도하는 사람이나 집단.

사랑하는 이의 이름

칠성아 칠성아
네 이름이 흔하건만
초당집 보비는 삼 년 전부터
가만히 자라는 마음의 풀을
베어버릴 힘없어서 '칠성'이라고
피로 쓰고 피로 지워 피로 샀다.
사람의 손이 가 닿지 않는 밭에
깨끗한 마음속 깊이 자라는 풀이라.

칠성아 칠성아
저 냇가에는 노란 꽃이 피면은
뚜렷한 달이 올라와서
가만히 피어 있는 사랑의 꽃을
시들게 하지 않으려고 '그리움'을

빛으로 비추고 빛으로 받는다.
그러나 보비는 그늘에 우니
칠성아 칠성아 네 이름이 봉선화라.

샘물과 같이

고향을 머리 떠나서
방랑하는 신세 같았다.
봄날 저녁이었다.
가느다란 길 처녀
이역의 거리를 방황하다가
언덕 위의 대문을 두드렸다.
온건한 손길이 문을 열었다.

두 청년이 처음 만났다.
반가운 못 잊을 얼굴이었다.
저들이 그리던 마음속 얼굴이었다.
저들은 서로 부끄러워하여 서로 물러섰다.
일보 뒤로 아니 일보 앞으로
생명의 꽃 시절이었다.

▶▶▶『신인문학』, 1936년 10월

석공의 노래

1

서울의 산은 봉우리마다 바위다
풍상 겪은 고도(古都)를 둘러싼 산이 화강암이다
부스러지는 바위틈에는 솔이 자라 있고
모래 모인 골짜기에는 샘물이 흐른다
굳고 단단한 화강암에 석공이 끌을 대면
탕탕 산이 울며 바위가 부서진다

채석장에 그득 쌓인 화강암을
비석으로 가릴 때는 손님이 많은 중
하루는 젊은 여인이 찾아와 머뭇머뭇
그이의 남편의 비석을 부탁하고 갔다
높은 곳은 낮추고 낮은 곳은 높이어

똑딱똑딱 그이의 남편의 비석이라고

비명(碑銘)[55]은 "우리 양군(良君)[56] 16세로서
물이 변해 돌 되는 줄도 모르고
사후를 헤아린 법조차 모르면서
천지는 변하여도 부부애는 불변이라고
후원(後園)[57] 송백나무에 새기었던 것을"
똑딱똑딱 그이의 아름다운 마음씨여

평면 평면 직선 직선
거울같이 다듬던 화강석 위에는

---

55) 비석에 새긴 글자
56) 어진 군주
57) 집 뒤에 있는 정원이나 작은 동산

그이의 슬픈 비명을 새기던 대신
아리따운 그 여인의 자태가 새겨졌다
아아 주문 없는 일을 어찌하리
똑딱딱 시대의 번민이여

옛날에도 신라의 석공은
불국사의 석가탑을 쌓을 때

먼 길을 찾아온 누이도 안 만나고
절 동구에서 10리나 떨어진 못 가에
탑의 영자(影子)58)가 못에 비치도록 세웠더란다
딱딱 똑딱 영지(影池)59)에 무영탑(無影搭)60)이라고

---

58) 그림자(물체가 빛을 가려서 그 물체의 주변에 드러워지는 검은 그늘)
59) 〈예술〉 영지춤에 쓰려고 연못 모양으로 만든 기구. 널빤지로 네모지게 만드는

일러라

2

일개 학도인 그이가 이르기를
푸르퉁퉁한 돌은 너무 빛이 없으니
우리 집 정원 고석(古石)⁶¹⁾으로 다시 새깁시다—
영채 있는 눈으로 먼 곳을 가리키며 갔다
이리하여 내 죄도 감추었지마는
그야말로 후원의 고석이 운치 있으리라

데, 깊이 한 자 여덟 푼, 길이 여섯 자, 너비 여섯 자이고, 안은 물이 괸 듯이 보이게 칠을 하고, 가운데는 나무로 산처럼 만들어 놓으며, 둘레에는 연꽃잎 따위를 새겼다.
60) 〈고적〉 불국사 삼층석탑의 다른 이름
61) 이끼가 낀 오래된 돌

북악산 기슭이 후원인 엄엄한 고관(古館)은
그이의 심상치 않은 유서(由緒)를 말하였다
화려한 5월의 상록수의 그늘
청자색 바윗돌 사이 황금색 후원 길에
정밀한 꽃밭으로 나를 인도하는 그는
올 맺은 보조로 미치는 세상도 바로하리라

까치의 둥지 짓는 거동을 바라본다
하늘 창공에 기껏 부르짖는 종달새를 듣자
시방 5월 날 대낮 화창한 동산에
젊은 석공인 내가 청춘을 느끼고 있다
아아 부스러질 듯한 바위 위에 내가 섰다
그이는 청태62) 덮인 고석을 가리킬 뿐이다

늦은 사면(斜面)⁶³⁾을 바위가 부서져 모래가 구른다
내 한숨이 바위 밑까지 사무치리라
—필경 내가 생기기 전부터 저 이렇게—
그이가 상냥히 이야기한다
—저 돌을 실어다가 가운데 붉은 채색으로
우리 집 산소를 빛내주셔요—

7세로부터 부도(婦道)⁶⁴⁾를 닦아오던 조선 여자
자라지도 않아서는 악을 징계 받았다
숙녀 이군(二君)⁶⁵⁾을 섬기지 말 것이라고

---

62) 靑苔: 푸른 이끼
63) 비탈, 비탈면(경사가 진 평면이나 지면을 수평면에 상대하여 이르는 말)
64) 여자가 마땅히 지켜야 할 도리
65) 두 임금

추상 같은 가풍에는 순종만이 부도이니
절조 높은 사부(士夫)⁶⁶⁾의 가문을 욕 안 보이려고
서약의 검(劍)을 가슴에 안던 것이다

─나 열두 살에 눈을 감고
가마 타고 시집 갔더라오
연지곤지로 단장한 얼굴을
눈물로 적시면서 신정(新庭)을 떠났지요
그 화관이야말로 무거웁니다
그 칭찬이 더 무서웁니다─

─나 열여섯에 처녀 과부 되었지요

---

66) 사대부

죄인의 베옷을 입고 지팡이 짚고
상여 뒤를 걸어서 걸어서
멀리 멀리 무덤까지 갔었지요, 그리고
산, 각시의 상대역이던 이름뿐인 양군을
깊이 깊이 묻어버리었지요—

3

반반히 바르게 똑바르게
그이의 서방님의 비석이라고 새기었다
어떤 때는 해머로 내 손을 찍고
어떤 때는 내 손가락을 쪼면서
아아 아리따운 그 자태 때문에
똑딱똑딱 그 어머니의 속급이었더란다

고석에서 녹태(綠苔)⁶⁷⁾를 벗기어 갈수록
홍백(紅白)의 교묘한 색배(色配)를 본다
채색의 농담(濃淡)을 갈라서 생과 사로 양단한다

아아 애석한 석비⁶⁸⁾와 상쾌한 소상(塑像)⁶⁹⁾
생전과 사후가 동떨어져
똑딱똑딱 일거양득이란다

석비는 그이가 만족하였다
소상은 사람들이 칭찬하였다

---

67) 푸른 이끼
68) 돌비(돌로 만든 비석)
69) 〈미술〉 찰흙으로 만든 형상. 중국 당나라 때에는 불상이 찰흙으로 많이 만들어
    졌으며, 지금은 주로 조각, 주물의 원형으로 사용된다.

그이는 순진한 학도가 되었다
그리고 세상 풍파에 변하였다
나는 종일토록 일개 석공
똑딱똑딱 청춘의 무덤이여

▶▶▶『삼천리』제10권 제8호(1938년 8월)

소소(甦笑)70)

일찍 핀 앉은뱅이
봄을 맞으려고
피었으나 꼭 한 송이
그야 너무 작으나
두더지의 맘 땅속에 숨어
흙 패여 길 갈 때.

내 작은 꼭 한 생각
너무 춥던 설움에는
구름 감추는 애달픔
그야 너무 괴로우나
감람색(甘藍色)의 하늘 위에 숨겨서

---

70) 웃음이 가득 차다

다시 한 송이 피울 때.

(평양에서)

수건

1

언니의 손은 하얀 손
동생의 손은 빨간 손
하얀 손은 크기도 하고
빨간 손은 작기도 하오

2

언니의 하얀 손으로
동생의 수건을 지으면
빨갛고 빨갛고
동생의 빨간 손으로
언니의 수건을 지으면

하얗고 하얗지요

▶▶▶『새벗』 제1권 제4호(1928년 1월)

수도원(修道院)으로 가는 벗에게

벗들은 산으로 가네
춘광(春光)을 따라 녹음을 따라 청풍명월을 따라
이 세상을 잊어버리려고 수도원으로 가네

수도원에 가서 머리를 깎고 중이 되어서
모든 세상의 잡념을 다 던져버리고
아침저녁 향로에 향을 피우고
종을 땡땡 울리며 거룩한 마음으로 묵도(黙禱)[71]를
하러 간다지
이로써 한세상을 마치려고

그러나 벗이여

---

71) 눈을 감고 말없이 마음속으로 빎. 또는 기도.

오게 지옥의 예찬자 사(死)의 동지 썩은 송장들이 뭉켜 있는 그곳을 가지 말고
생의 예찬자 생의 개척자가 모인 우리에게로 오게
오게 너희들의 부모처자 동생들을 다 데리고 오게
삶의 나팔을 불며 굳세게 행진하는 우리들의 일터로
좋은 세상을 개척하려는 우리들의 싸움터로

▶▶▶『신동아』, 1933년 7월

시로 쓴 반생기(半生記)[72]

상(上)

유시(幼時)[73]

1

어리던 때
유모의 등에서
어머니의 무릎으로 옮겨가면서
일상 코를 씻기었다.

장마 지난 윗물 구덩이에

---

72) 반평생의 기록
73) 어린 시절

맨발로 들어서서 엄마 엄마 부르면
-아가-가슴이 서늘한 소리
젊은 유모의 달려오는 숨소리

하녀의 등을 애가 타서 두드리며
이 애야- 엄마 어디 갔어
엄마 찾아가자- 졸라대면
할머니가 뺏어 업으며 눈 꿈적꿈적

-발버둥이 고만 쳐라 허리 아프다
다- 자란 아이가 유모는 무엇해
강동(江東) 다리 아래 갖다 버릴까 보다
엄마 집에 있지 유모도 엄마야

나는 새파란 초록 저고리
오빠는 남자색 저고리
아침밥에 나는 닭의 간 두 쪽 먹고
오빠는 닭똥집에 욕심만 부리고

엄마 머리 아파
저어 오빠가 맹꽁이가
대통으로 내 이마를 때려
엄마 오빠 때려주어 어서

2

하늘 천 따 지, 아늘 천 따 지,
하늘 천! 아버지의 꾸지람 소리

-소를 가르치는 편이 낫겠다
언제 천자문 한 권 뗀단 말이냐-

오빠야 내 저고리 예쁘지
할머니 어서 옷 입혀주
오빠가 못 맞힌 글 먼저 맞히고
처음으로 상 받았단다

보 묻던 헝겊을 꼭꼭 묶어 놓고
부전 깁던 색 헝겊 꼭꼭 싸두고
골무 인제 나는 싫다 손톱 아파
나 여섯 살인데 나이 늘인단다

엄마 학교에 가지고 갈 선물 주

꼬꼬 하는 닭 두 마리 쌀 한 말
아니 북어(北漁) 한 쾌 쌀 한 말 놈이 가지고
방울 소리 달랑달랑 학교에 갔단다

-아가 너 어디 가니- 동리(洞里) 어른 물으시면
-나는 성교학교(聖敎學敎)에 갑니다
-너 어서 학교 가서 천자 떼고 책(冊)시세해 오너라.
아가.

달랑달랑 앞서가서 문을 열었더니
눈이 노-란 서양 선생님
에크머니 눈이 노-란 사람도 있어
엄마 으악
아가 울지 마라 얼른 낯익어지지

내일부터 학교에 오너라

-우리 아기는 머물기쟁이랍니다
-글쎄 너무 어려 숙성은 한걸

애나야 보배야
인실아 우리 글 읽자구나
탄실이는 글도 속히 앞섰다
벌써 우리하고 한 반이로구나

조개송편 깨송편
찰떡하고 흰떡 기름 바르고
설탕 한 항아리 꿀 한 항아리
오늘이 내 책시세란다

작은 발 조심히 잘 가거라
내일 또 만나자 탄실아
내일 우리 집에 모이자 애나야
대동강으로 얼음지치기 하러 가자

집으로 돌아갈 책보 싸놓은 다음
성당에 들어가 기구(祈求)74)하고 손 씻고
나란히 앉아 떡 한 봉지씩 먹은 후
먹다 남은 떡 책보에 싸넣었지요

성탄 때 집에서 분홍 모본단 저고리

---

74) 원하는 바가 실현되도록 빌고 바람

□□색 원주(元紬)[75] 치마 상 받고는
단장하고 성교당(聖敎堂)에서 미사 참례하고
이쁜 딸 비누, 꽃 책보 선물 받았지요

봄날이라 화창한 때
예배당 필(畢)하고 푸르른 잔디 밟아
동무끼리 성 밖에 놀러갔지요
먼 산에 아지랑이 끼고 새 지저귀는 소리

놀러갔다가
큰언니들은 걱정소리 듣고
집으로 타방타방 걸어와서 보면

---

75) 예전에 중국에서 들어온 비단의 하나. 좋은 비단을 뜻함.

오빠 맹꽁이가 내 각시 간 뒤집었어요

한밤 자고 또 한밤 자고
한 달 지나 두 달 지나 한 해 이태
분홍 옷 잔뜩 해 가지고 여덟 살에
서울로 유학 갔더란다

　　　　3

동무동무 일천(一千) 동무
동무동무 욕 동무
아이들은 시험 때 내 시험지 베끼고
부모들은 우리 집에 와 돈 꾸어 갔다

공부하다 울기도 잘하고
울다가 공부도 잘하고
자다가 가위도 잘 눌리고
그래도 우등은 하였다나

방학 때 큰집 가서도
기숙사 생각하고 또 울면
나들이 온 고모가 이르기를
-왜 울고 짜고 보채기만 하니

-내 시집살이 이야기 들어보아라
구습(舊習)76) 부모 명령 순종하노라니

---

76) 예전부터 내려오는 낡은 풍습

아침 치르고 온종일 베틀에서 베 짜고
저녁 시작하노라면 다리가 아프단다

-그런데 너는
큰 아이들도 못하는
서울 공부 다니면서
울기는 왜 우니 울지 마라

어려운 공부 다 마치고
이번에는 동경 유학 가노라니
부모님은 은행 빚에 몰리고
나는 학비 군색(窘塞)77)에 설움 보았다

---

77) 보기에 모자라고 옹색함

중(中)

드높은 노래

1

어스름 저녁때
사곡풍경(四谷風景) 중의 하나인
S대학 지붕 위에 나서면
1일의 소비를 잊었었다

적판이궁(赤坂離宮) 부근에
화려한 녹색의 조화
푸르른 눈정신 모아

고요히 성당 위로 옮겨왔다

원근(遠近)의 삼림(森林)-
짙어지는 녹색의 색채
상학종(上學鐘)78) 소리가 울면
"저물었다 내일 또"

"나는 창을 바라보기도 하고
동무들과 노래도 부른다
나도 저녁을 먹는다
그리고 책을 본다"

---

78) 학교에서 그날의 공부 시작을 알리는 종

예수의 회(會) 수도원에
단순한 회화교수(會話敎授)
몸과 마음 거듭나도록
내가 전심(專心) 치지(致志)⁷⁹⁾하였다

      2

검푸른 바람이
높은 집 창 기슭들을 울리었다
질투에 어두운 눈동자들이
없는 희생물을 찾았다

---

79) 專心致之: 오직 한마음을 가지고 한길로만 나아감

사물 떨어져 흐르는 호수 뒤로
언덕에 굽어선 낙락장송[80]이
오한(惡寒)의 몸서리를 부르르 치고
높은 소나무 한 그루 부러졌다

이끼로 새파란 웅덩이 물결
도회의 하수도 막고 잔잔(潺潺)하다
단칸방 안을 습격하는 질투
야학 시간마다 무리지어 온다

텅 빈 교실 안에
드높은 마음 울고

---

80) 落落長松: 가지가 길게 축축 늘어진 키가 큰 소나무

나보다 5분은 높은 그이가
비참한 나를 힘써 주었다

작은 한촌(寒村)[81]의 생장(生長)[82]인 내가
도회에 나온 바에는
금전이고 학식이고
어느 편이나 얻어야 하였다

3

아침 학교 저녁 학교
그다음에 과자 장사

---

81) 가난하고 쓸쓸한 마음
82) 그곳에서 나서 자란 사람

명태같이 마른 나는
외로운 인생이었다

5월 일요일 늦은 아침
도회의 소음에 놀라
눈을 번쩍 낯 씻고
발 빠르게 성당에 간다

아아 성당은 나의 천국
우리 선생님들은 천사 같고
거룩한 주일(主日)날 위하여
모인 신자들은 정화(淨化)되었다

겸손한 음성의 창가대(唱歌隊)[83]

아름다운 테너의

자유자재한 발성이

천사 찬양하는 것이었다

그 성당 안에도 한 해 이태

다음 다음 유행 따라서

탐미파(耽美派)84)가 쫓겨가고 실질파(實質派)

헤라클레이토스85)의 판타레이(Panta rhei)86)다

---

83) 맑은 목소리로 부르기 위하여 조직된 합창대
84) 탐미주의를 신봉하는 예술상의 한 파
85) Heracleitos(B.C. 540?~B.C. 480?): 고대 그리스 철학자. 탈레스의 학설에 반대하여 만물의 근원은 영원히 사는 불이며 모든 것은 영원히 생멸하며 변화하는 것이라고 역설하였다. 저서에 『정치학』, 『만물에 대하여』 따위가 있다.
86) 〈철학〉 모든 것은 유전(流轉)한다는 말. 고대 그리스 철학자 헤라클레이토스의 사상을 나타내는 말이다.

4

거룩한 성당 안에서
설교하신 예수의 말씀들도
장사하는 길거리에서는
악화되어 나를 울리었다

조소(嘲笑)87)하려는 어귀(語句)들
농락하려는 수법들
동경(東京) 정경 나는 몰라
젊은 지조 한결같다

---

87) 비웃음

야학교(夜學敎) 안에는 여급의 전횡(專橫)
성당 안에는 스파이 종류의 출몰
사람을 낚는 총알 눈동자들
외로운 내 한 몸 의심스러웠던가

머리를 숙이고 생각하여도
동경인사(東京人事) 반갑지 않고
고난스런 살림 7,8년에
열렬한 정열 몰라 왔다

그 학교 그 성당 그대로
우리 조선에 옮겨올까
학식에 주린 우리 민족들
정결한 마음씨로 오리랄까

요릿집 여급하는 여자인지
코 빨간 노인 짝지어 와서는
수도사(修道士)의 불안을 북돋우려고
자기네의 희생이 되란다

사람 영혼의 사망을
헛되이 알려는 악마의 태도
상벌을 편가르는 욕물(慾物)
성당 안도 전쟁터였다
Morgenstern voll strachlen pracht
Zier der Himmels-anen
성스러운 멜로디를 따라
나도 이따금 불러본다

하(下)

5

청년 시인이 전(全) 일본을
방황하다가 돌아와도
내놓을 사람은 마른 여자
그분이라고 할까요?
봄날 아침 10시에

미사를 필(畢)한 우리는
새벽부터 내리는 봄비를 맞고
성당 뜰에 내려서서 개웃개웃

그다음 일요일에는
파릇파릇한 바주[生垣(생원)] 뚫고
잘 자라는 잔디밭 위로
오락가락 샛길이 열리었다

새 지저귀는 봄날 아침에
돌돌 구르는 물소리 거슬러
새벽 미사에 참여하면
파랑새 우짖었다

오오 조물주의 신비
청춘의 넘쳐흐르는 재능
고난을 겪어도 아름답고
더러움 모르듯 거룩하였다

어느 때는 왕자와 같이
어느 때는 빈민같이
나의 모든 허물 사(赦)하시라고
신단(神壇) 미사 사(仕)를 드시었다

붕붕 탕탕 경절(慶節)88)의 발포(發砲)89)
나의 사죄를 신성케 하였다
나의 지휘자 페드르 그이는
내 전생(全生)의 외로운 동무

---

88) 온 국민이 기념하는 경사스러운 날
89) 총이나 포를 쏨

길

길······ 내가 마음먹기는
음향과 색채의 서안(西岸)⁹⁰⁾을 전(傳)하여
착한 이들의 교회당

길······ 내가 치를 떨기는
아우성소리 나는 시장의
담과 담 사이 벽과 벽 사이
이도(泥道)⁹¹⁾를 건너는 외나무다리

길······ 내가 그리기는 장강(長江)의

---

90) 강이나 바다 따위의 서쪽 기슭
91) 더러운 길

산 넘어 들 지나 바다에 드는
굽이굽이 감도는 길

길…… 내가 기뻐하기는
모든 제방(堤防)을 넘어 바다에 드는 것같이
미래로 미래를 보조(步調)[92]를 어우르는
모두 다 완성의 길

길…… 내가 읽기는, 레일의
울면서 웃으면서 바로 달아나는
별의 궤도, 또 인심(人心)의 동작(動作)
길…… 내가 배우기는 천류(川流)의
구곡구절(九曲九折)[93]의 산길을 평지로 가는
임의 길, 진리의 길

▶▶▶『동아일보』, 1938년 3월 10~12일

---

92) 여럿이 함께 하는 일을 할 때 진행속도나 조화(걸음걸이의 속도나 모양 따위의
  상태)
93) 순조롭지 아니하게 얽힌 이저런 복잡한 사정이나 까닭. 구불구불 꺾이어 있는
  상태

신시(新詩)

외그림자 쫓아 놀라운

외로운 여인의 방에는,

전등조차 외로워함 같아

내 뒤를 다시 돌아다본다.

외로운 전등 외로운 나,

그도 말없고 나도 말없어,

사랑하는 이들의 침묵 같으나

몹쓸 의심을 함만도 못하다.

▶▶▶『조선일보』, 1924년 7월 13일

심야(深夜)에

1

심야이다
사위(四圍)94) 고요하다
버릇이 되어 산같이 그득 쌓인
책장을 치어다본다
하나씩 사들이던 고난을 회상한다

2

그것이 모두
—무지(無知)의 원(圓)을 전개시키는 수밖에 없다-

---

94) 사방의 둘레

일러온 것을
기(氣)를 가다듬고 머리를 흔들다가도
어머니! 고요히 부르짖고
천장[天井]을 우러러 한숨짓는다

    3

신성(神聖)을 말씀하시는 그 이마
검은 안경 밑에 청록색의 안광(眼光)[95]
나의 무릎을 잊게 하시려고
가지가지로 표정하시던
위엄과 사랑과 진실됨

---

95) 눈의 정기(사물을 보는 힘)

당신에게로 내가 갑니다. 또한
오시도록 기다리옵니다

　　　4

일장(一場) 거룩한 장면이 지나면
그의 생시와 같이 하얗게 입고
기다란 속눈썹 아래 둥그런 눈동자
아름다운 코와 입 모양이 한층 더 정화(淨化)되어
―애처로운 내 아기 그러헥 괴로워서―
꽃의 정(情)같이 천장 위로 나타난다

5

아름다운 꽃밭에 즐거운 시냇가에
오빠야 누나야 동무야 부르짖던 일
다 옛날이었고 그나마
지금은 안 계신 내 어머니
나와 피와 살을 나누신 그이가
내 생활과 내 사랑을 아시는 듯
유명계(幽明界)[96]를 통하여 오는 설움에
밤마다 때마다
눈물을 짓는다

▶▶▶『동아일보』, 1938년 4월 23일

---

96) 신불(神佛)이 있는 세계. 〈불교〉 진리의 빛이 없는 세계, 곧 삼악도를 이른다.

싸움

늙은 병사가 있어서
오래 싸웠는지라
온몸에 상처를 받고는 싸움이 싫어서
군기(軍器)[97]를 호미와 팽이로 갈았었다.

그러나 밭고랑은 거세고
지주는 사나우니
씨를 뿌리고 김을 매어도
추수는 없었다.

이에 늙은 병사는
답답한 회포에 졸려서

---
97) 전쟁에서 쓰는 도구나 기구

날마다 날마다 낮잠을 자더니
하루는 총을 쏘는 듯이 가위를 눌렸다.

아— 이상해라 이 병사는
군기를 버리고 자다가
꿈 가운데서 싸웠던가
온몸에 멍이 들어 죽었다.

사람들이 머리를 비틀었다
자나 깨나 싸움이 있을진대
사나 죽으나 똑같을 것이라고
사람마다 두 팔에 힘을 내뽑았다.

(서울에서)

애상(哀想)

1

재인(才人)[98] 손길 그 버릇
고치기도 어려워
남의 집 거문고를
한껏 울리었거든
또 무슨 죄 얻자고
그 줄조차 끊으리

2

뜻대로 된다 하면

---

98) 재주가 많은 사람

훌훌 날아보고서
임이 웃고 일하던
다행항 화롯가에
파란 새 한 머리로
이 추움 고하리라

3

초겨울 밤 깊어서
힘든 글 읽노라면
뒤뜰의 예리성이
그의 것 같건마는
내 어려움 모르니
낙엽성 그러한가

4

쓸쓸한 거리 끝에
임 오실 리 없거늘
그리운 정 도지면
오신 듯 달 떠진다
행여나 같은 모양
눈앞에 벌어지리

언니 오시는 길에

언니 오실 때가
두벌 꽃 필 때라기에
빨간 단풍잎을 따서
지나실 길가마다 뿌렸더니
서리 찬 가을바람이 넋 잃고
이리저리 구릅디다

떠났던 마음 돌아오실 때가
물 위의 얼음 녹을 때라기에
애타는 피를 뽑아서
쌓인 눈을 녹였더니
마저 간 겨울바람이 취해서
또 눈보라를 칩디다

언니여 웃지 않으십니까

꽃 같은 마음이 꽃 같은 마음이

이리저리 구르는 대로

피 같은 열성이 오오 피 같은 열성이

이리저리 깔린 대로

이 노래의 반가움이 무거운 것을

▶▶▶『조선문단』 제8호(1925년 5월)

언니의 생각

언니의 그때 모양은
날쌘 장검 같아서
"네 몸의 썩은 것은
있는 대로 다 찍어라!"
맑게 엄하게 말하셨어요

언니의 그때 모양은
온화한 어머니 같아서
"가시나무에서
능금을 따려 하지 마라!"
슬프게 고요히 기도하셨어요

그러나 지금은……?
장성하는 생명의 화려함이

피는 꽃의 맑은 향기로움이

얼마나 우리를 깨우고

얼마나 우리를 뒤덮을까

▶▶▶『조선시인선집』, 1926년 10월 13일

연가

1

그의 집 사립문을
밤마다 두드리며
크고 높은 소리로
나 괴롭노라고
그리운 설운 일을
애(哀)껏 한(恨)껏 고(告)할까

2

재인(才人) 손길 그 버릇
고치기도 어려워
남의 집 거문고를

한껏 울리었거든
또 무슨 죄 얻자고
그 줄조차 끊으리

3

뜻대로 된다 하면
훌훌 날아 보고서
임이 웃고 일하는
다행한 화롯가에
파랑새 한 마리로
이 추움 고하리라

4

초겨울 밤 깊어서
힘든 글 읽노라면
뒤뜰의 예리성(曳履聲)이
그의 것 같건마는
내 어려움 모르니
낙엽성(落葉性) 그러한가

▶▶▶『동아일보』, 1927년 11월 24일

연모

1

이 몸이 놓여나면
바위라도 뚫고
임 향한 설운 사정
쏟아부으련마는
빈궁에 붙들린 몸
움직일 길 있으랴

옛날의 노래여

1

고요한 옛날의 노래여, 그는……
내 어머니 입에서 우러나서
가장 신묘하게 사라지는 음향이어라
어머니의 노래여 사랑의 탄식이여

2

"타방타방 타방네야 너 어디를 울며 가니
내 어머니 몸 진 곳에 젖 먹으러 울며 간다"
이는 내 어머니의 가르치신 장한가(長恨歌)⁹⁹⁾이나

---

99) 〈문학〉 중국 당나라 백거이가 지은 서사시. 당나라 현종이 양귀비를 잃은 한을 노래한 것으로 모두 칠언(七言) 120구로 되어 있다.

물결 이는 말 못 미쳐 이것만 알겠노라

    3

황혼을 울리는 신음은 선율만 숨질 듯 애탈 때
젖꽃빛으로 열린 들길에는 미풍조차 서러워라
옛날에 날 사랑하시던 내 어머니를
큰사랑을 세상에서 잃은 설움이니,

    4

오래인 노래여 내게 옛 말씀을 들리사
어린이의 설움 속에 인도하소서
불로초로 수놓은 녹의를 입히소서

그러면 나는 만년청(萬年靑)100)의 빨간 열매 같으리다

5

말을 잊은 노래여 음향만 남아서……
길 다한 곳에 레테 강이 흐릅디까
오— 그러면 그는 나를 정화해줄 것이요
웃음빛을 모은 신비의 거울이 되리다

---

100) 백합과의 상록 여러해살이풀로 잎이 가느다랗게 길고 두꺼우며 언제나 푸른
색을 띠고 있다. 꽃은 5~7월에 흰색으로 피고 열매는 장과(漿果)로 붉게
익는다. 뿌리는 강심제, 이뇨제로 쓰이고, 잎을 관상하기 위하여 분재로 재배
한다.

6

무언가(無言歌)[101]여 다만 음향이여 나를 이끌어
그대의 말씀 사라진 곳에 저 젖꽃빛 길에
내 어머니 몸 진 곳에 산을 넘고 물을 건너라
옛날의 노래여 사라지는 음향이여.

▶▶▶『개벽』제27호(1922년 9월)

---

101) 독일의 작곡가 멘델스존의 피아노 소곡집으로, 8집으로 되어 있으며 〈사냥의
노래〉, 〈베네치아의 뱃노래〉 등이 유명하다.

오오 봄!

모든 불쌍한 우리의 기도가

그이를 우리들의 안으로 모셔오다

오오 봄! 모든 산 생명을 꽃 피울 봄

우리들이 새로이 닦는 길을 바라고

저 산기슭 등성이에 파릇파릇

저 바위 패인 곳에 도을도을

봄은 왔느냐? 왔느냐? 하고

모든 생명은 그 싹을 내보인다

모든 행복된 희망이

괴로움 없이는 이루어지지 않는다

오오 고통! 이야말로 우리를 아는 사랑

우리들이 닦아 가는 길 가운데

괭이 끝마다 맞부딪치는 돌덩이
막히고 또 막힌 벼랑과 벼랑
고통은 더 있느냐? 더 있느냐? 고
모든 길 가는 이들은 그 열성을 다한다

모든 행복된 생활의 시초가
우리의 역사 우리의 연대를 모셔오다

오오 봄! 모든 생명을 살려낸 봄
우리들이 부르짖는 인도(人道)를 기다려
사람들의 얼굴마다 버럭버럭
사람들의 마음마다 반듯반듯

죄악은 더 있느냐? 더 있느냐? 고

모든 착한 이들이 참되게 웃으리라

▶▶▶『조선일보』, 1925년 3월 23일

외로움

아니라고 머리는 흔들어도
저녁이 되면은…
눈물이 나도록 그리울 때
뜻하지 않았던 슬픔을 안다.

▶▶▶『조선일보』, 1924년 7월 13일

외로움의 변조(變調)102)

밤 깊으면 설움도 깊어서

외로움으로 우울로 분노로

변조해서 고만 혼자 분풀이한다

싹싹 번을 긋는 것은 철없이도

"나라야 서울아 쓰러져라

부모야 형제야 너희가 악마거늘" 하고

짝짝 땅땅 찢고 두들기는 것은

피투성이 한 형제의 모양과 피 뿜는 내 가슴

"이 설움 이 아픔 이 원망을 어찌하라"고

고만 지쳐서 잠들면

그 이튿날 아침까지 휴지부(休止符)103)

그러나

---

102) 보통과 다른 상태가 됨. 또는 상태를 바꿈.
103) 쉼표.

또 밤들면 다시 시작하기 쉬운 외로움의 변조라

▶▶▶『동아일보』, 1925년 7월 20일

외로움의 부름

아니라고 머리는 흔들어도
저녁이 되면은
먼 고향을 생각하고
뜨거운 눈물방울을 짓는다.

오— 먼 곳서 표류하는
내 하나님 그 속에 계신
아픈 가슴아 가슴아.

그렇다고 눈은 깨었어도
물결이 험하면은 바람이 사나우면은
역시 내 몸에 없는 가시를 보고
둥그런 과실을 숨겨버린다.

오― 옛날의 날 빌어주던
하나님 앞에 나를 고(告)하신
미쁜 고향아 고향아.

물결에 살아 추워도 바람에 밀리어도
가슴속을 보면은 피 아픔을 보면은
하나님을 생각하고, 고향을 못 잊고,
무릎을 굽혀 우리의 기도를 또 한다.

오― 벗아 아는가 모르는가
이 몸은 그대를 그리워 마르고
이 마음은 그대로 인해 높았음을.

우리의 이상

오오 우리의 이상
이는 우리의 임이노라
그이는 그 발등의 불을 끄지 않고
남의 발등의 불을 끄려 하지 않는다

오오 우리의 평안한 사랑?
그는 괴로움 가운데선 사라지리라
누구라서 나무에서 생선을 구하랴
우리는 이 답답한 괴로움을 더 못 참겠다

그러면 우리의 임아
그러면 우리의 이상아
아직 우리는 전선(戰線)에 있다
아직 우리는 사경(死境)에 있다

▶▶▶『조선일보』, 1925년 3월 23일

위로(慰勞)

우는 이여
나의 벗이여
벗의 눈물을 씻겨
우리들의 환상을 그린
봄 하늘의 아름다움을 보라.

벗이여
우리는 먼저
침묵을 약속하였었다―
모든 거인(巨人)들이 지킨 것을
우리는 이끼 그윽한 옛길 위에서.

그러나 벗이여
우리는 너무 말했다

가벼운 내 입이
또 무거우나 참기 어려운
벗의 입이…….

벗이여
벗은 벗의 마음을
바람의 팔랑개비인 줄 믿느뇨?
물 위에 떴다 사라지는
물거품인 줄 아느뇨?

하나 벗이여
우리는 보지 않는가
봄 하늘 위에 솟은
우리들의 낙원을?

우리의 시선에 모이는 초점을.

(1923년 4월 10일)

유리관 속에서

뵈는 듯 마는 듯한 설움 속에

잡힌 목숨이 아직 남아서

오늘도 괴로움을 참았다

작은 작은 것의 생명과 같이

잡힌 몸이거든

이 서러움 이 아픔은 무엇이냐.

금단의 여인과 사랑하시던

옛날의 왕자와 같이

유리관 속에 춤추면 살 줄 믿고……

이 아련한 서러움 속에서

일하고 공부하고 사랑하면

재미나게 살수 있다기에

미덥지 않는 세상에 살아왔었다.

지금 이 뵈는 듯 마는 듯한 관 속에

생장(生葬)104)되는 이 답답함을 어찌하랴

미련한 나! 미련한 나!

(서울서)

▶▶▶『조선일보』, 1924년 5월 24일

---

104) 생매(生埋: 목숨이 붙어 있는 생물을 산 채로 땅속에 묻음).

유언

조선아 내가 너를 영결(永訣)할 때
개천가에 고꾸라졌던지 들에 피 뽑았던지
죽은 시체에게라도 더 학대해다오.
그래도 부족하거든
이다음에 나 같은 사람이 나더라도
할 수만 있는 대로 또 학대해보아라
그러면 서로 미워하는 우리는 영영 작별된다
이 사나운 곳아 사나운 곳아.

이심(二心)

1

천당 길 가려느냐
지옥 길 가려느냐
숨어질 동굴 없이
저주의 신세 되어
두 마음 품에 품고
천지에 아득거린다

2

밤마다 꿈마다
물결에 젖어 울며
두 마음 외로운 일

바다에게 물으면

외로운 한마음이

깨져서 둘이라고

▶▶▶『동아일보』, 1927년 11월 6일

재롱

어머니는 말하다
자지 않는 아이야
무엇을 기뻐하는냐.

오오 어머니
내 빛이
온 세상을 비추어요.

흐흐 그 애가
잠은 안 자고
재롱만 피느냐.

어머니 옛말하셔요
한 옛적에도

나 같은 이가 있었소.

아아 이야기가 없다
내 딸에게 저녁마다
말주머니를 털리어서.

저주

길바닥에, 구르는 사랑아
주린 이의 입에서 굴러 나와
사람 사람의 귀를 흔들었다
'사랑'이란 거짓말아.

처녀의 가슴에서 피를 뽑는 아귀야
눈먼 이의 손길에서 부서져
착한 여인들의 한을 지었다.
'사랑'이란 거짓말아.

내가 미덥지 않은 미덥지 않은 너를
어떤 날은 만나지라고 기도하고
어떤 날은 만나지지 말라고 염불한다
속이고 또 속이는 단순한 거짓말아.

주린 이의 입에서 굴러서
눈먼 이의 손길에 부서지는 것아
내 마음에서 사라져라
오오 '사랑'이란 거짓말아!

저주된 노래

1

오오오 빨간 연지(燕旨)
누구와 속삭이랴
붉던 입술 푸르러
다시야 웃어보랴
희던 얼굴 검거라
거울을 들어보랴

2

흙속에 금 감추듯
돌 속에 옥 가리듯
그 아픈 가슴 터에

설움의 씨 심은 후
비 내리고 눈 내려
가시 넝쿨 길렀다

정절

1

숲 속에 누웠으니
종자(種子)로 메워진다
철없는 들이면은
잡초로 깊을 것을
연 밥 한 알 받아서
한 떨기 벙긋벙긋

2

더러운 진흙 속의
연꽃 빛 고움이여
세파에 부대끼며

의지를 세움 같다

두어라 희망이란

곤란하다 하거니

조로(朝露)105)의 화몽(花夢)

1

탄실(彈實)이는 단꿈을 깨뜨리고 서어함에 두 뺨에 고요히 굴러 내려가는 눈물을 두 주먹으로 씻으며 백설 같은 침의(寢衣)106)를 몸에 감은 채 어깨 위에는 양모(羊毛)로 두텁게 직조한 흰 숄을 걸치고 십자가의 초혜(草鞋)107)를 신고 후원의 이슬 맺힌 잔디 위로 창랑(蒼浪)108)히 걸어간다. 산뜩산뜩한 맨발의 감각—저는 파초 그늘 아래에서 어깨에 걸쳤던 것을 잔디 위에 펴고 앉았다. 장미화의 단 향기를 깊이깊이 호흡하며 환상을 그리면서.

---

105) 아침 이슬.
106) 잠옷.
107) 짚신.
108) 푸른 물결.

동편 담 아래 두 그루의 장미화
어제 오늘 반개(半開)109)하며
이슬을 머금어 미(美)의 흰 대로
희고 붉게 아연(雅姸)히 피었다.

아직 세상을 못 본 무구(無垢)한 용자(容姿)110)
아침 바람에 더욱 연연(姸姸)히
동경하는 노래를 하는 것같이
자옥(紫玉)한 향기에 몽롱히 졸으매

아아 파도의 잔잔한 희롱이 들린다.

---

109) 꽃 따위가 반쯤 핌.
110) 용모와 자태를 아울러 이르는 말.

상냥한 물결에게

임이 오실 때를 물으매
다만 찰싹찰싹 웃으면서

파로(波路)에 멀리 사라지신 임이여
지금은 어느 곳에—
금년에도 5월절(五月節)이 돌아와
만물이 희희(嬉嬉)[111]하나이다마는

오오 지난날의 미쁘신 언약 지난들
비록 천만 대(代)를

---

111) 기뻐서 웃는 모양.

한없는 영원을 아시는 임이시니
감히 저버리리까마는

오오 거문고의 줄이 끊어지나이다
나의 눈물은 다만
꽃에서 꽃으로 방황하는
호접(胡蝶)112)의 마음을 옮이오니

　　　2

　　백(白), "오오 홍장미화! 나는 동생을 위하여 꿈을 꾸었소."

---

112) 호랑나비.

홍(紅), "무슨 꿈? 언니 나도 언니를 위하여 꿈을 꾸었소."

백, "저어 동생이 혼인하는 꿈."

홍은 더 빨개지며 "언니는"하고 상냥히 눈을 흘긴다.

백, "동생은 무슨 꿈을 꾸었나?"

묻는데 홍은 초연하여지며 "저어, 아시지요? 남호접(藍胡蝶)을? 그가" 하고는 감히 말을 하지 못하며 머뭇머뭇하는데 백장미는 더 궁금한 표정을 짓는다. 홍은 웃으며,

홍, "언니 내 이야기는 할 터이니 아무런 일이라도 노하지 않으시죠?

백, "대체 무슨 꿈일까?"

홍, "꿈이니 노여워 마시오. 네? 언니, 저어, 꿈에 으응, 남호접 아시지요? 언니 왜 생각이 안 나시오. 내가 아는 나비들 중에 그중 화려하게 생긴 이, 왜 내가 더

피거든 온다고 약속하고 가신 이 말이요. 그이가 왔는데 제게는 아니 오고 저어, 언니께로 왔어요. 그리고 저를 돌아다도 안 보았어요. 그럴 동안에 언니도 저를 돌아다도 안 보시고 아주 득의(得意)스럽게 미소하시지요?"하고 세상에 있지 않을 일같이, "호호호."

"호호호!" 하고 웃다가 백장미가 "그래 동생이 노여웠나?" 하고 묻는데 홍장미는, "설마!" 하고 더욱 소리쳐 웃는다. 웃음을 그치고는

백, "어디선지 아주 참을 수 없는 슬픈 노래가 들리는구려." 하고 한층 더 귀를 기울이매 홍장미는 영리하게 "언니, 그 노래 누가 하는지 아시오? 저어 해변에 절하듯이 굽어진 산이 보이지요? 거기 망양초(望洋草)라는 이가 창백한 얼굴을 하여 가지고 매일 노래한다오. 나는 그의 목소리만 들어도 어쩐지 눈물이 쏟아져요."

백, "아, 동생 우리 오늘 심심하니 그를 찾아가볼까?"
하는데 홍은 곧 동의하였다 . 백장미의 정(精)과 홍장
미의 정은 전후하여 나란히 걸어서 망양초에게 날아
들어갔다.

　　망양초는 아주 쾌활히 웃으며 그들을 맞았다. 잠깐
보기에는 아주 비가(悲歌)를 부르던 이로는 보이지 않
는다.

　　망(望), "오, 향기로우신 백 씨, 정열가이신 홍 씨,
두 분이 잘 오셨소. 당신들은 젊고 아름답기도 하시오."
하고 손을 대하여 흔연히 탄미한다.

　　백, "망양초 씨, 어쩌면 그런 비창한 노래를 하십니
까? 그 이야기를 우리에게 들려주시고 또!"

　　흥, "노래도 들려주세요."하고 청한다.

　　"퍽 황송합니다."하는 망양초는 아주 적막에 제친 빛

이 보인다. 홍장미는 귓속말로 백장미에게,

　홍, "언니, 망양초 씨는 웃어도 웃는 것 같지가 않고 우는 것 같아요."

　망양초는 깊은 한숨을 지으며 눈물을 흘린다. 홍장미는 또 백장미에게 쏘개질을 한다.

　홍, "언니 저이 눈에서 피눈물이 떨어져요."

　백장미는 새파랗게 질리어 망양초에게 "우십니까?" 하고 묻는데 머리를 숙이고 부끄러워하며

　"어쩐지 눈물이 흐릅니다 그려, 당신들을 대하매 내가 꽃을 피웠던 때를 회억(回憶)113)하여지는구려." 하고 소리 없이 운다. 홍장미는 또한 쏘개질로

　"언니, 나는 저를 이해할 수가 없소."

---

113) 돌이켜 추억함.

백, "네가 좀 더 자라 시를 많이 보면 알아진다." 하고 위로한다. 백은 다시 망양초에게

"망양초 형님, 우리들을 위하여 형님의 노래의 이야기나 들려주셨으면 소원이외다. 우리들은 형님이 그 심히 슬퍼하는 것을 보매 차마 발길이 돌아서지 않는구려." 한다.

망양초는 백장미와 홍장미를 가까이 앉히고 그가 젊었을 때에 담홍색의 꽃을 피웠을 때 한 옛적의 이야기를 시작하려 한다. 아주 감개 깊은 듯이,

"내가 꽃을 피웠을 때 담홍의 웃는 듯하던 꽃을 탐스럽게 피웠을 때 하루는 남호접이 와서 내 꽃에 머무르고 말하기를 너는 천심(天心) 난만히 울고 웃고 '자기'를 정직히 표현한다고 일러주며 후일에 또 올 터이니 이 해변에서 기다리라고 하시지요? 그래서 저는 10년째

하루와 같이 거문고를 타며 매일 기다리지요. 그렇지만 조금도 그가 더디 오신다고 원망도 의심도 아니 합니다. 그러나 적적하니까 매일 노래를 합니다." 하고 머리를 숙이며 눈물을 씻는다 백장미도 . 홍장미도 연고를 모르면서 눈물을 흘린다.

해로(海路)로 오실 줄 알았던 임이
산을 넘어 뒤도 안 돌아다보고
장미화 핀 곳을 향하여
춤추며 날아드니⋯⋯

망양초는 창백하였다가 이연(怡然)114)히 합장하고

---

114) '이연하다(기쁘고 좋다)'의 어근.

천공을 우러러 기도한다.

　홍장미는 전신의 혈조(血潮)115)를 끓이며 백장미에게

"언니 저기 남호접이 산을 넘어 나를 찾아오나이다.

속히 돌아가십시다."

　사랑하는 이여

　나의 넓은 화원에서

　오색으로 화환을 지어

　그대의 결혼식에

　예물을 드리려 하오니

　오히려 부족하시면

　당신의 마음대로

---

115) 얼굴에 도는 핏기. 치솟는 혈기를 비유적으로 이르는 말.

색색의 꽂을 꺾어서

뜻대로 쓰소서

그러나 나의 화원은

사상의 화원이오니

그대를 위하여

세련된 것이오니

아끼지 마소서

탄실이는 눈을 번쩍 떴다. 저는 이같이 환상을 그려본 것이다.

5월 아침 바람이 산들산들 분다. 잔파(潺波)를 띄우고 미소하는 청공(靑空),116) 상쾌히 관현악을 아뢰는 대지!

---

116) 청천(靑天: 푸른 하늘).

불치의 병에 우는 탄실의 눈물······ 초엽(草葉)에 맺힌 이슬이 조일(朝日)의 광채를 받아 진주(珍珠)같이 빛난다.

(5월 31일 아침)

▶▶▶『창조』제7호(1920년 7월)

창궁(蒼穹)

파란 가을 하늘
우리들의 마음이 엄숙할 때
감미로운 기도로 채워서
말없이 소리 없이 웃으셨다

파란 가을 물결
그들의 마음이 노래할 때
애처로운 사랑으로 넘쳐서
고요히 한결같이 보셨었다

오오 가을 하늘 우리의 집아
많은 어제와 많은 오늘을
가장 아름답게 듣고 본 대로
영원히 영원히 지켜라

▶▶▶『조선문단』 제8호(1925년 5월)

추경(秋景)

1

가을밤 별 고운데
치맛자락 펴들고
떨어질 듯 여겨서
한 아름 받건마는
허전한 이 모양아
버러지 울어낸다

2

남풍에 나부끼던
능라도 실버들
한줌 꺾어올 것을

때 지나 쇠했으리
상그레 웃던 얼굴
구슬피 울리로다

3

가을을 찾노라니
깊은 골에 왔구나
청황적(靑黃赤) 난만한데
이곳이 어드메냐
물소리 그윽하여
숨은 정 아노란다

추억

작은 금방울 소리에
어린 계집애가 되면은
얼지 않은 겨울 못물을 향해서
까치 밤 울리던 때를 못 잊어요

아아 작은 물결 작은 부르짖음
그때는 내가 점을 쳤지요

작은 금방울 소리에
어린 믿음에 돌아가면은
가시 덩굴에서 능금을 못 따고
파초 잎의 가시는 못 보았지요

아아 정밀한 기도 열렬한 말씀

그때는 내가 살아나 울던 걸요

작은 금방울 소리에
옛날 생각을 이으면
하늘은 꽃으로 가리고
우리는 기도로 굽혔었어요

아아 옛날 생각 옛날 믿음
고만 임도 꽃도 못 보았지요

작은 금방울 소리에
옛날 일을 생각하면은
생각 못 미칠 데 생각 미쳐
행복은 앓는 가슴에 있었지요

아아 맘 아픈 파랑새는 파랑새는
하늘을 울리며 그 가슴에 왔었지요

▶▶▶『신민』, 1925년 11월

추억

작은 금방울 소리에
어린 계집애가 되면은
얼지 않은 겨울 못물을 향해서
까치밥 던지던 때를 못 잊어요

아아 작은 물결 작은 부르짖음
그때그때 내가 무엇을 점쳤던가

작은 금방울 소리에
어린 믿음에 돌아가면은
가시덩굴에서 능금을 못 딴다고
순결치 못한 처녀는 밉다고 했지요

아아 정밀한 그 기도 열렬한 그 말씀

그때부터 내 가슴에 자랐던가

작은 금방울 소리에
옛날 생각을 이으면
하늘은 꽃으로 가리고
우리는 기도로 굽혔었어요

아아 영원히 바라는 화려한 광경
이 세상에서는 싹을 못 보리라던가

작은 금방울 소리에
옛날 일을 생각해내면은
생각 못 미칠 데 생각 미쳤어도
행복을 그득히 안은 가슴 같았지요

아아 비 오는 날 내 품으로 오던 파랑새는

하늘을 울리던 그의 마음이었을까

▶▶▶『조선시인선집』, 1926년 10월 13일

탄식

둥그런 연잎에 얼굴을 묻고
꿈 이루지 못하는 밤은 깊어서
비인 뜰에 혼자서 설운 탄식은
연잎의 달빛같이 희뜩여 들어
지나가던 바람인가 한숨지어라.

외로운 처녀 외로운 처녀 파랗게 되어
연잎에 연잎에 얼굴을 묻어.

탄실의 초몽(初夢)

힘 많은 어머니의 품에
머리 많은 처녀는 웃었다
그 인자(仁慈)한 뺨과 눈에
작은 입 대면서
그 목을 꼭 끌어안아서
숨막히시는 소리를 들으면서.

차디찬 어머니의 품에
머리 많은 처녀는 울었다
그 냉락(冷落)한117) 어머니를 보고
어머니 어머니
우왜 돌아가셨소 하고 부르짖으며

---

117) 외롭고 쓸쓸한.

누가 미워서 그리했소 하고 울면서.

춘풍에 졸던 탄실(彈實)이
설한풍(雪寒風)에 흑흑 느끼다
사랑에 게으르던 탄실이
학대에 동분서주하다
여막에 줄 돈 없으니
돌베개 베고 꿈에 꿈을 꾸다.

꿈에 전(前)같이 비단이불 덮고
풀깃 잠들어 꿈을 꾸니
우레는 울어 오고
빗방울이 뚝뚝 듣는다
탄실은 화닥딱 몸을 일으키어

벽력소리에 몰리어
힘껏 달아났다
달아날수록 비와 눈은
그 헐벗은 몸에 쏟아지고
요란한 소리는 미친 듯 달려들다
그는 나무 그늘에 몸을 숨겼다.

온 하늘이 그에게 호령하다
"전진하라 전진하라"
그는 어린양같이
두려움에 몰리어서
헐벗은 몸 떨면서도
한없이 달아났다
그동안에 날은 개었더라

청(靑)댑싸리[118] 둘러 심은 푸른 길에

누군지 그의 손을 이끌다

그러나 그는 호올로였다.

(서울에서)

---

118) 명아줏과의 한해살이풀. 한여름에 연한 녹색의 꽃이 피며 줄기는 비를 만드는
재료로 쓰인다.

해바라기

잡초이면 나풀나풀
바람에도 흔들리고
야화(夜花)이면 방긋방긋
달을 보고 웃건마는
볕만 보고 낯 숙이는
향일초(向日草)야 노란 꽃아

빛 그리는 노란 꽃
수치(羞恥) 아는 처녀일까
그렇다고 가슴 잡고
아니라고 고개들 때
노란 뺨에 구슬픔이
검은 눈을 흐리더라

부끄러움 모르노라
천만 번도 울었건만
꼭 한 사람 그를 위해

내 머리를 숙이노라
하늘 위에 나를 올려
구름 속에 숨어 볼까

▶▶▶『매일신보』, 1926년 11월 28일

향수

불쌍한 과부 딸이
편친(片親[119])께 고별할 때
잠깐 동안이라고
가볍게 절하면서
눈 오건 쉬 오마고
울면서 웃었었다.

외로운 몸이기에
좋은 집도 싫다고
외따로 나왔거든
세상에 조소될 때
그 비탄과 분노를

---

119) 偏親의 오자. 홀어버이.

무엇에게 이르랴

이심(二心)을 품은 여인
뜰 아래 내려설 때
뿌리 패인 빨강 꽃
다시 심어볼 것을
비나 멎건 가라고
냉랭히 일렀어라

영 이별인 줄 알면
그 옷소매 놓으랴
수건 주고 가신 님
철없이 기다리며
다섯 달 열두 번에

내 청춘 다 늙혀라

속아서 그렇다고
벗을 보낸 처녀는
풀잎같이 연하고
홍옥같이 붉었다
잘 속는 어린 처녀
어느 때에 또 보랴

온다고 안 온다고
믿을 수 없는 벗님
겨울에도 꽃소식
기적 같은 이날에
변화 많은 정이면

다시 봄꽃 피워요

(서울에서, 12월 6일)

▶▶▶『조선일보』, 1925년 12월 19일

환상

인공의 드높은 성으로 둘러싸인 못물에
은행색(銀杏色)의 태족(苔族)은 자라서 늘어서
은은히 힘 길러서는……
동록(銅綠)120)의 시대에 도전하다

사람들은 다 못가에 아득거려
피를 잃고 넘어질 때

풍랑은 모든 영혼을 살아 쳐가고
부패는 모든 육체를 점령하다

하늘 위에는 오히려 미친 바람

---

120) 구리의 표면에 녹이 슬어 생기는 푸른빛의 물질. 돈에 대한 욕심을 비유적으로
     이르는 말.

땅 위에는 아직 부패 그치지 않았을 때
한 돌로 빚은 사람이 나타나서
자줏빛의 환상으로 온 세상을 싸 덮다

여기 새로운 세상에 봄이 오다
여인은 낳지 않고 남인(男人)은 기르지 않고
원근(遠近) 선악(善惡) 미추(美醜)121)를 폐지한 때가

우리들의 마음속으로부터 오다
여기 새로운 봄의 기꺼운 때가 오다
동굴(洞堀)의 암류(暗流)122)가 태양을 향해 노래하고
시냇물이 종다리 노래를 어우를 때가

---

121) 미인과 추녀
122) 물 바닥의 흐름. 겉으로 드러나지 아니하는 불온한 움직임.

우리들의 마음속으로부터 오다

(1921년 8월, 동경에서)

▶▶▶『신여성』 제1권 제2호(1923년 10월)

희망

1

그이의 얼굴은
빛의 저수지더라
대리석에 쪼이면
생명이 불어난다
내 앞으로 오시면
어두운 눈 밝으리

2

방울 돋는 샘터에
온종일 앉았으니
돌부처 살아 와서

내 귀에 이르기를
네 소원이 무어냐
바다로 가려느냐

3

한 고개 넘어서면
생사도 없는 것을
하늘 나는 새 날개
내 등에 돋치라고
굳은 바위 붙들고
울면서 일렀노라

▶▶▶『현대평론』 창간호(1927년 2월)

희망

1

방울 듣는 샘터에
온종일 앉았으니
돌부처 살아와서
내 귀에 이르기를
네 소원이 무어냐
바다로 가려느냐

2

모랫길 예이는
잔잔한 시냇물아
내 목소리 높이어

네 이름 부르노라
바다로 가는 길을
나 함께 가자꾸나

3

한 고개 넘어서면
바닷가에 가리니
물결을 부숴내는
엄격한 벼랑처럼
배워가는 내 길에
귀한 임 기다린다

4

그이의 얼굴은
빛의 저수지더라
대리석에 쪼이면
생명이 불어난다
내 앞으로 오시면
어두운 눈 밝으리

큰글한국문학선집
: 김명순 시선집

2. 번역시

나는 찾았다

모리스 마테를링크[123]

나는 30년간 찾았다, 누이야,

저의 숨겨 있는 집

나는 30년간 찾았다, 누이야,

그래도 저는 어떤 곳에도 있지 않더라.

나는 30년간 찾아다녔다, 누이야,

지금은 내 발소리도 쇠약하여져,

저는 어떤 곳에나 있어도, 누이야,

아직 어느 곳에서도 뵈지 않아.

때는 슬프게도 지나가, 누이야,

내 신을 잡아라, 그리고 놓아라,

석양도 어스레해져 가는데, 누이야,

---

123) Maurice Maéterlinck(1862~1949). 벨기에의 시인이자 극작가이며, 프랑
스 상징파의 영향 아래 시 『온실』(1889)을 발표하였으며, 희곡 『말렌 아씨』
(1889)와 극 『파랑새』(1909)는 명작으로 손꼽힌다. 1911년 노벨문학상을
받았다.

지금은 내 맘도 앓아 지쳤다.
그대는 아직 젊다, 누이야,
어느 곳이든지 방황해 보라,
내 행각의 지팡이를 잡고, 누이야,
나와 같이 저를 찾아 구하여.

눈

레미 드 구르몽[124]

시몬, 눈은 네 귀밑같이 희다,

시몬, 눈은 네 두 무릎같이 희다.

시몬, 네 손은 눈과 같이 차다.

시몬, 네 맘은 눈과 같이 차다.

눈을 녹이는 데는 화(火)의 키스

네 마음을 푸는 데는 이별의 키스.

눈은 처량한 송지(松枝)[125] 위에,

네 이마는 처량한 검은머리 아래.

---

124) Rémy de Gourmont(1858~1915). 프랑스 작가이자 평론가. 『Mercure de France』의 편집자이다. 노르망디 명문 출신으로 상징주의운동의 이론가일 뿐 아니라, 자유로운 입장에서 세련된 취미와 학시을 가지고서 시·소설·평론을 썼다.
125) 소나무의 가지

시몬, 너의 동생〔妹雪[매설]〕은 뜰에서 자고 있다.

시몬, 너는 내 눈, 그리고 내 애인.

대아(大鴉)

앨런 포[126)

옛날, 한 깊은 밤이었다, 곤비(困憊)하여[127) 사려하며
진기한 고서를 펴서 잊은 것을 참고할 때
반은 졸려서 굽어질 때 돌연히 뚜들기는 소리를 듣다.
누구일까 아주 가볍게 똑똑 치다 나 있는 방문을.
"손인가" 하고 나는 문밖에 나섰다, "뚜들기다 내 방
문을— 뚜들길뿐이지 아무도 없다."

처량히 나는 생각한다 엄한(嚴寒)[128)의 심야이라,
불타던 숯은 흩어져 마루에 그림자를 떨어트렸었다.
나는 간절히 아침을 기다리며
값없이 내 책으로 우려를 잊으려 하다—

---

126) Edgar Allan Poe(1809~1849). 추리소설의 창시자. 우리에게는 작품 「애
　　너벨 리」로 알려진 작가이다.
127) 곤비하다: 아무것도 할 기력이 없을 만큼 지쳐 몹시 고단하다
128) 매우 심한 추위

우려는 누구 때문에, 없는 '레노아',

드물게 나타나는 선녀의 부르는 이름은 '레노아……'

세상에는 없는 이름이되 고귀하다. '레노아'

견

보드라운 설움, 불안한 동요, 창 바른 자견(紫絹)[129]

의 속삭임에도 사무쳐서 이러한 공포는 몰랐었다.

그러나 지금은 떨리는 가슴을 진정하고

"손인가, 왔으면 내 방문에 들어오기를 청해라!"

"손인가, 왔으면 천천히 들어오기를 바란다."

……그러나 이러할 뿐이지 아무도 없다.

(18절 중 3절만 옮김)

---

129) 자줏빛 명주

비극적 운명

헤르만 카자크[130]

나는 달음질하다. 저녁 해안을 따라서 천상(天上)의 풍광이 무덕무덕 지나간다. 방황하고 있는 동물도—나는 달음질하다—사람은 차례차례 죽어가서, 나를 에워쌌던 설움은 다 떨쳐버렸다. 진실한 인간의 모양이 드디어 보이다. 오오, 참으로 틀림없는 이 위로의 희열! 오오, 그는 음악이냐, 오오, 이는 사랑이냐, 이 쾌상(快想)[131] 가운데 나를 머물게 하라.

나는 달음질하다—질풍과 같이 뛰어오르다. 맹목(盲目)[132] 맹목 나는 뒷걸음질하다 같은 곳을 빙빙 돌았

---

130) Hermann Kasack(1896~1966). 독일의 소설가·시인·극작가. 1947년 『강 뒤의 도시』로 폰타네상을 받았고, 독일문학의 가장 주목 받는 작가이다. 『방직기』, 『커다란 망』 등으로 여러 문학상을 수상했으며, 독일문학 아카데미의 총재를 역임하였다.

131) 즐거운 생각

132) 눈이 멀어서 보지 못하는 눈. 이성을 잃어 적절한 분별이나 판단을 못하는 일을 비유적으로 이르는 말.

다. 나는 본심대로 뛰어올랐다. 상방(上方)에! 향해 뛰어올랐다. 그리고 나는 매달리다! 막 달았을까―그 내달으면 어디에 자기를 답지(踏止)133)하게 하는 것인가? 아아, 나는 달음질하다.

---

133) 밟는 것을 멈추다

빈민의 사(死)

보들레르[134]

죽음이야말로 우리를 위로한다,

아아! 죽음이야말로 우리를 살린다,

이야말로 생의 목적, 유일한 희망,

월율기실아(越栗幾失兒)와 같이 우리의 말을 높이고,

취하게 하여,

내 날의 나중까지 용진(勇進)[135]할 용기를 준다.

폭풍우의 밤에나 상설(霜雪)[136]의 아침에나,

죽음은 우리들의 어두운 천변(天邊)[137]에 전전(戰

---

134) Charles-Pierre Baudelaire(1821~1867). 프랑스의 천재 시인으로 현대
시의 창시자이다. 1857년 『악의 꽃』을 출판하였으나 미풍양속으로 해친다는
이유로 벌금과 수록된 시 6편을 삭제하라는 판결을 받았다. 사망 후 『악의
꽃』(3쇄, 1945)은 삭제되었던 6편의 시가 1945년 재출판되었다.
135) 용맹하게 나아감
136) 눈서리(눈과 서리를 아울러 이르는 말)
137) 하늘의 가

戰)138)하는 광휘,139)

　옛 서책에 쓰인 고명(高名)한 여숙(旅宿),140)—
우리들의 것을 먹고 쉬고 잘 수 있다.

　죽음이야말로 천사, 그 마력 있는 손 가운데 가진 것은,
졸음과, 법열의, 꿈의 증물(贈物),141)
　또 빈한하고 아무것도 없는 사람들의 침상을 새롭게
한다.
　죽음이야말로 신의 자랑, 신비한 곳간
　빈인(貧人)의 재낭(財囊)142) 저들의 옛 고향,

---

138) 몹시 두려워서 벌벌 떪
139) 눈부시게 훌륭함을 비유적으로 이르는 말
140) 여관(일정한 돈을 받고 손님을 묵게 하는 집)
141) 증정하는 물건
142) 재물주머니

이야말로 부지(不知)의 천국의 열리는 대회랑(大廻廊)143)!

---

143) 큰 회랑(廻廊: 正堂의 좌우에 있는 긴 집채)

웃음

프란츠 베르펠[144]

창성(創成)하라, 운반하라, 지속하라

웃음의 1천 저수지를 네 손 가운데!

웃음은 천복(天福)의 습윤(濕潤)[145]은

모든 사람사람의 얼굴에 그득 피었다

웃음은 주름살이 아니라,

웃음은 빛[光]의 본질이라

빛은 공간을 통하여 빛나리나

그러나 그는 아직 그르다

태양일지라도 빛이 아니다

사람의 얼굴 위에 비로소

---

144) Franz Werfel(1890~1945). 독일의 소설가, 시인, 극작가. 표현주의의
대표적 작가이며 독특한 종교적 경지를 추구하여 세계적 문호로 인정 받고
있다. 주요 저서로 『세계의 벗』(1911), 『우리는 존재한다』(1913), 『서로서
로』(1915) 등이 있다.
145) 습기가 많은 느낌이 있음

빛은 웃음이 되어서 생겨나올 것이다
눈 깜박거리는 가벼운, 죽는 일 없는 문으로
눈과 눈의 문(門)으로 순유(巡遊)146)해 나온
최초의 춘(春), 천체(天體)147)의 효모(酵母)
웃음, 유(類)없이 타는 소작(燒灼)148)
격렬하게 쏟아지는 웃음으로 늙어빠진 손을 씻어라
창성하라, 운반하라, 지속하라!

---

146) 이곳저곳으로 돌아다니며 놂.
147) 우주에 존재하는 모든 물체.
148) 〈의학〉 '지짐술'의 전 용어.

저주의 여인들

보들레르

"너희들을, 내 혼은 지옥까지 따라왔으나
나는 애련한다, 아아 나의 비참한 자매들.
너희들의 욕망은 사라지기 어렵고
너희들의 고통은 입으로 말할 수 없다,
그리고 너희들의 위대한 마음은 신성한 사랑의 골호
(骨壺)149)!"

▶▶▶ 『개벽』 제28호(1922년 9월)

---

149) 뼈 단지(화장을 한 뒤 뼈를 추려 담던 그릇)

주장(酒場)150)

호레쓰 호레이

포도덩굴 태양을 바라고,

생명에, 상방(上方)에 가지 벋는 모양이여.

다만 증태 긴 한 줌의 포도,

그나 암흑을 벗어나서 흔연히,

거품을 타 넘친다.

신생의 속삭임에, 섬요(閃燿)151)한 세계여, 그리던 포
도여,

내 망아(忘我)152)의 혈액 가운데서,

태양을 향해 더 높이 오르리라,

지지(遲遲)153) 노고(勞苦)하는 포도수(樹)에 있는 것보
다도.

---

150) 술도가(술을 만들어 도매하는 집). 술 파는 곳. 술을 마시며 노는 자리.
151) 번쩍거리며 빛남.
152) 어떤 사물에 마음을 빼앗겨 자기 자신을 잊어버림.
153) '지지하다(몹시 더디다)'의 어근

이같이 나는 마시다,

태양의 술 그 빛난 것을.

나의 혈액 속에서 다시 넉넉한 생명을 주고,

다시 풍부한 사상과 희열과의, 의식하는 생명을 준다

그러하나, 영혼의 지평선 위에, 구극(究極)154)의 태

양을 바라서,

그도 장차 고엽과 같이 멸하리라.

원컨대 신이여, 나에게 강림합쇼,

내 포도를 마신 것같이

나의 몸을 마시옵소서, 내 지금 순간에 완전한 것,

영원히 같이 살기를 위하여.

---

154) 궁극(窮極: 어떤 과정의 마지막이나 끝).

헬렌에게

앨런 포

아름다운 헬렌은

옛적 니케아[155]의 소주(小舟)[156]와도 같더라

고요하고 감미로운 파로(波路)를, 멀리

피곤하여 수척한 사람 모양으로

고향의 연안으로 향하여.

세상 풍파에 몇 해를 흔들리며

푸른 그대의 흑발, 고신(古神)의 면영(面影),[157]

수신(水神)의 자태야말로 이 같더라.

옛날 그리스의 자랑,

옛날 로마의 영화.

---

155) Nicaea: 고대 소아시아 북쪽에 있던 도시로 325년 니케아 공의회가 열렸던
    곳이다. 지금의 이즈니크에 해당한다.
156) 작은 배.
157) 면용(面容: 얼굴 모습)

저편 광명의 창에 기대서

서 계신 이야말로 신의 어상(御像).

손 가운데 마노(瑪瑙)158)의 촛불을 잡으신

프시케159)의 여신이여, 시인의

거룩한 나라로부터 오신.

---

158) 석영, 단백석(蛋白石), 옥수(玉髓)의 혼합물. 화학 성분은 송진과 같은 규산
(硅酸)으로 광택이 있고 때때로 다른 광물질이 스며들어 고운 적갈색이나
흰색 무늬를 띠기도 한다. 아름다운 것은 보석이나 장식품으로 쓰고, 그 외에는
세공물이나 조각의 재료로 쓴다.

159) Psyche: 그리스 신화에 나오는 미녀. 사랑의 신 에로스(Eros)의 아내이다.

김명순

(金明淳, 1896~1951)

1920년대를 대표하는 한국의 시인이자 소설가이다. 봉건죽인 여성관을 부정하고 여성해방과 자유연애, 통한, 주체적 남녀관계를 역설했다. 한때 영화에도 관여하여 안종화 감독의 〈꽃장사〉, 〈노래하는 시절〉 등에 주연으로 출연하기도 했다. 1939년 이후 일본 동경으로 건너가 생활고에 시달리다 정신병으로 동경 아오야마 뇌병원(靑山腦病院)에 수용 중 사망한 것으로 알려져 있다.

주요 작품으로 「의문의 소녀」, 「칠면조」(1921), 「돌아다 볼 때」(1924), 「탄실이와 주영이」(1924), 「꿈 묻는 날 밤」(1925), 「동경」, 「옛날의 노래여」, 「창궁」, 「거룩한 노래여」 등이 있다.

1896년 평안남도 평양 출생

1902년 평양 남산현학교

1911년 서울에 있는 진명(進明)여학교 졸업

　　　　이화학당을 거쳐 동경여자전문대학 다님

1917년 단편소설 「의심(疑心)의 소녀」가 『청춘』지에 당선되어 문단
에 데뷔

1919년 『창조』 동인

1920년 단편 「처녀의 가는 길」, 「조묘의 묘전에」

시 「조로의 화몽」(『창조』, 1920.7)

1921년 단편 「칠면조」

1922년 번역소설 「상봉」(『개벽』, 1922.10)

시 「동경」(『개벽』, 1922.6), 「옛날의 노래여」(『개벽』, 1922.
9), 「펴현하의 시」(『개벽』, 1922.10)

1923년 단편 「선례」(『신여성』, 1923.11)

1924년 단편 「돌아다 볼 때」(조선일보, 1924.3.31~4.19), 「외로운
사람들」(조선일보, 1924.4.20~5.31), 「탄실이와 주영이」
(1924.6.14~7.15)

수필 「봄 네거리에 서서」(『신여성』, 1924.3)

시 「향수」(『동명』, 1924.1), 「위로」(『폐허이후』, 1924.1)

1925년 단편 「꿈 묻즌 날 밤」(『조선문단』, 1925.5)

수필 「이상적 연애」(『조선문단』, 1925.7)

여성작가 최초로 시집 『생명의 과실(果實)』(한성도서주식회사,
1925.4.5) 출간

시「오오 붉!」(『조선문단』, 1925.5), 「5월의 노래」(『조선일보』, 1925.5.4), 「창궁」(『조선문단』, 1925.5), 「언니 오시는 길에」(『조선문단』, 1925.5), 「무제」(『조선일보』, 1925.7.6), 「무제」(『조선일보』, 1925.7.17), 「외로움의 변조」(『동아일보』, 1925.7.20), 「추억」(『신민』, 1925.11), 「향수」(『조선일보』, 1925.12.19)

1926년 단편 「손님」(『조선문단』, 1926.4), 「나는 사랑한다」(동아일보, 1926.8.17~9.3), 「일요일」(『매일신보』, 1926.11), 「흥한녹수」(『매일신보』, 1926.11.14)

수필 「여인 장발에 대하어」(『신민』, 1926.1)

시「언니의 생각」(『조선시인선집』, 1926), 「만년청」(『조선시인선집』, 1926), 「거룩한 노래」(『조선시인선집』, 1926), 「추억」(『조선시인선집』, 1926), 「그러면 가리까」(『조선일보』, 1926.8)

1927년 시 「희망」(『현대평론』, 1927.1), 「불꽃」(『현대평론』, 1927.3), 「두어라」(『매일신보』, 1927.2), 「수건」(『새벗』, 1927.1)
『매일신보』 신문기자 역임

1928년 수필 「시필」(동아일보, 1928.1.20), 「부흥회 가기 전에」(『별건곤』, 1928.8)

1929년 단편 「모르는 사람같이」(『문예공론』, 1929.5)

1931년 시 「개척자」(『시대공론』, 1931.1), 「수도원으로 가는 벗에게」

(『신동아』, 1931.7), 「고구려성을 찾아서」(『신동아』, 1933.7)

1934년 동화 「복동이와 밀감」

수필 「귀향」(매일신보, 1934.10), 「생활의 기억」(매일신보,

1934.11)

시 「석공의 노래」(『동아일보』, 1934.5.26), 「샘물과 같이」(『신

인문학』, 1934.10), 「빙화」(『동아일보』, 1934.11), 「나하나」

(『동아일보』, 1934.11)

1938년 단편 「고아원」(『매일신보』, 1938.4.3), 「고아의 결심」(『매일

신보』, 1938.5.29), 「고아원의 동무」(『매일신보』, 1938.6.

26)

시 「시로 쓴 반생기」(『동아일보』, 1938.3.10~12), 「두벌꽃」

(『동아일보』, 1938.4.23), 「심야에」(『동아일보』, 1938.4.

23), 「바람과 노래」(『동아일보』, 1938.4.23)

1939년 시 「그믐밤」(『삼천리』, 1939.8) 발표.

이후 도일(渡日)

의심의 소녀

전통적인 남녀관계에서 결혼으로 발생하는 비극적인 여성의 최후를 그려낸 작품이며, 이 작품을 통해 여성해방을 위한 저항정신을 표현하였다.

생명의 과실(果實)

1925년 서울한성도서주직회사에서 간행한 이 책은 대부분의 작품들이 1920년대 초반에 발표된 것들로서, 시가 중심이 되고 있다는 점이 특징이다. 작가는 시인으로서보다 소설가로서 그 작품 활동의 범위가 훨씬 폭넓었다고 할 수 있다.

신문학사상 최초의 여성문인의 작품집인 이 책에는 "이 단편집을 오해받아온 젊은 생명의 고통과 비탄과 저주의 여름으로 세상에 내놓읍니다."라는 짤막한 머리말이 붙어 있다.

구성을 보면 제1부에는 24편의 시가 수록되었으며, 제2부에는 감상문 또는 수필이라고 할 수 있는 4편이 수록되어 있고, 제3부는 소설두 편이 실려 있다.

큰글한국문학선집: 김명순 시선집

생명의 과실

© 글로벌콘텐츠, 2018

1판 1쇄 인쇄__2018년 03월 20일
1판 1쇄 발행__2018년 03월 30일

지은이__김명순
엮은이__글로벌콘텐츠 편집부
펴낸이__홍정표

펴낸곳__글로벌콘텐츠
　　　등　록__제25100-2008-24호
　　　이메일__edit@gcbook.co.kr

공급처__(주)글로벌콘텐츠출판그룹
　　　이사__양정섭　　기획·마케팅__노경민　　편집디자인__김미미
　　　주소__서울특별시 강동구 풍성로 87-6(성내동) 글로벌콘텐츠
　　　전화__02-488-3280　　팩스__02-488-3281
　　　홈페이지__www.gcbook.co.kr

값 21,000원
ISBN 979-11-5852-178-3 03810